異世界でおまけの兄さん自立を目指す

エリアス
カルタス王国の第一王子。
真面目で常にポーカーフェイスだが、
ジュンヤの前ではその仮面が崩れることも。
ダリウス
近衛騎士団長。
遊び人として名を馳せている。
絶倫の噂あり。
やや粗野なところはあるが優しい。
ジュンヤ
神子召喚に巻き込まれ、
ゲーム世界に転移してしまった
平凡なサラリーマン。
アユムのおまけとして冷遇されるものの、
持ち前のガッツで異世界生活を邁進中。

アリアーシュ
アユム付きの魔導師。
庶民出身の叩き上げ。ジュンヤへの
敵意を隠さず、アユム命。
マテリオ
アユム付きの神官。堅物。
普段は表情が動かない。
アユム
ジュンヤと一緒にゲーム世界に
神子として召喚された高校3年生。
この世界でハーレムエンドを目論んでいる。
エルビス
ジュンヤの侍従。
心優しく真面目。世話好きでいつも
ニコニコとジュンヤに接してくれる。

プロローグ

——今見えている光景は、白昼夢なのか？

まるで、中世の教会のような荘厳なレリーフやステンドグラスに彩られた室内。そこで俺は法衣姿の男達に囲まれていた。すぐ目の前には紺のブレザーを着た男の子が立っている。

俺より背の低い、ショートカットの後ろ姿をぼんやり見つめる。

……さっき駅のホームで前に並んでた子だよな？

「神子《みこ》様、よくぞお越しくださいました」

そう言って、法衣姿の男達は膝をつき礼をした。

「えっ？　えっ？　うそっ！　エリアス様？　これヤミケン⁇」

男の子が呟く。ヤミケンってなんだろ、なんかリアルな夢だなぁ。

その時、大きな男が目の前に現れた。男は彼を引っ張り、自分の後ろに隠すようにして俺の前に立ちはだかる。

「神子《みこ》様、こちらへ！」

一方、俺は何がなんだか分からないままに、数人に体を押さえつけられ、跪《ひざまず》かされた。

「何者だ！　なぜ神子様《みこ》といる！」

「何者って……なんですか？　これ？」

「とぼけるなっ!!」

怒鳴られて驚いたが、なんとか状況を把握《はあく》したかった。

俺はこれから仕事で、大事な契約があるんだ！　早く行かないと。

そこへ、ローブ姿の男が前へ出てきて、俺を上から下まで舐《な》め回すように見下ろした。

ローブの陰になっているせいで目元しか見えないが、アクアマリンのような色合いの瞳に相応《ふさわ》しく、俺を見る視線も冷たい。

「こちらも黒髪黒瞳ですか。――巻き込んでしまったのでしょうか？　しかし、それでも選ばれし方しか召喚に応えないはず……なぜこんなおまけがついてきたのか……」

「この状況はあなたのせいなんですか？」

「私のせい……？　そうとも言えますね。神子様《みこ》をこちらの世界に召喚する神聖な儀式を取り仕切ったのは私ですから。なぜあなたがいるのか分かりませんが、はっきり言って不要ですね」

俺の問いかけに、ローブ姿の男はすげなく答えた。

神子《みこ》？　召喚？　おまけ？

「俺は大事な契約に行く途中なんです！　神子《みこ》とか召喚ってなんなんですかっ？」

気が急いて思わず声を荒らげてしまう。すると、ローブの男が目を剥《む》いてがなりたてた。

「この私に向かってなんという口の利き方だ！　コイツを今すぐ放り出せ!!」

「す、すみません！　でも、お願いですから説明してください」

このまま放り出されるのは困る！　落ち着け。なんとか熊本《くまもと》へ行く方法はないのか？　俺が行かなきゃ会社に迷惑がかかってしまう！

「待て、アリアーシュ。その男も黒髪黒瞳だ。神子《みこ》様は状況を分かっておられるほうだろうが、彼もこちらへ呼んでしまったのだ。礼を尽くさねばなるまい」

そう言って、もう一人の男が前に出てきた。彼を見上げて、俺は思わず目を奪われた。

キラキラと輝く、色素の薄い金髪の美青年だ。すっと通った鼻筋と形の良い唇。作り物めいた繊細な顔立ちをしている。

白皙《はくせき》の肌に浮かぶ金色の瞳が、興味深げにこちらを見下ろしていた。

中世を舞台にしたドラマで見るような、赤い生地に黒で刺繍《ししゅう》された上着を纏《まと》っている。

――これ、リアルですか？　映画の撮影？

「しかし、殿下！　この男、私に向かって礼を欠いたのですよ！」

「まぁ、仕方ないだろう」

「ぐぅぅっ」

ローブの男は悔しそうに歯噛みする。

殿下だって？　やはり夢なんだろうか。それにしては押さえつけられた体が痛む。――いやにリアルだ。夢ならば、こうしているうちに目が覚めるかも……覚めてくれ。

「あ、あのう、質問をしても？」

「殿下に直言など不敬だぞ！」

恐る恐る声を上げた俺に、ローブの男がまた怒鳴りつける。しかし、殿下とやらがそれを制して、視線で俺に先を促した。

「私は元いた所に戻らなくてはいけないんです。ここはどこですか？　いつ帰してもらえますか？」

しかし、返ってきた答えはショックなものだった。

「ここはそなたのいた世界ではなく、別の世界なのだ。すまないが、帰る方法もない」

「えっ……ははっ……やっぱり夢かぁ」

早く覚めないかな。

殿下から告げられた言葉が信じられず、俺は乾いた笑みを零す。それに追い討ちをかけるように彼は衝撃の台詞《せりふ》を発した。

「――そなたはこの先この世界で生きねばならない。これは、夢ではなく、現実だ」

「っ⁉」

それを聞いた瞬間理性が吹っ飛んで、無理やり立とうとした。すかさず押さえ込まれたが、抵抗して暴れる。

「俺がいなきゃ契約が成立しないんだ！　重要な書類も全部俺が持ってる。こんなことしてる場合じゃないんだ。帰せっ！　今すぐ帰せ！」

拘束から逃れ、殿下に飛びつこうとした瞬間、大きな男が剣を抜いて俺の首に向けた。

「下がれっ！　斬り捨てるぞ！」

「あぁ、斬れよ！　俺のせいで会社に損害出すくらいなら死んだほうがマシだっ」

俺は猛然と暴れ、喉《のど》を晒《さら》しながら剣に飛び込もうとした。微《かす》かに剣先が首をかすったが、男が剣を引いたので大事には至らなかった。だが、後頭部に衝撃を感じる。

次の瞬間、目の前が真っ暗になり、俺は意識を失ったのだった。

◇

目が覚めると、豪華な天蓋《てんがい》付きのベッドの上だった。

薄暗いから夜だろうか。まだ夢が続いているのか？

ふと見下ろすと、両手首と足首に枷《かせ》がつけられていた。それは太い鎖《くさり》で柱に繋がれていて、一気に頭の中が冷えていく。やっぱり現実なのか？

そう思った瞬間、後頭部がズキズキと鈍く痛み始めた。

ああ、殴られたんだったな。首も手当てされているみたいだ。それにしても俺、いくら頭に血が上ったとはいえ剣に飛び込むとかどうかしてた……命大事に！

しかし、あれだけ酷い事を言われたにしては良い部屋すぎないか？　あの流れは牢屋行きじゃないの？

ベッドの上で手枷《てかせ》をぼんやり見つめながら考えていると、ノックをして誰かが入ってきた。

がっしりとした体型で、グリーンの上着を着た、焦げ茶色の髪の男性だ。薄暗いので顔は分からないが、すごく背が高い。さっきも思ったが、出会う人物はことごとく大きかった。

「お目覚めですか？」

「はい……あ、あの、あなたは？」

「渡《わた》り人《びと》様のお世話をさせていただきます。よろしければ、お名前を教えていただけますか？」

「俺は、湊潤也《みなとじゅんや》です。ジュンヤと呼んでください」

「ジュンヤ様、ですね」

「さ、様なんていりません！」

「いいえ、ジュンヤ様は貴重な黒髪黒瞳のお方。失礼のないようお仕えせよと言われております」

――えっ？　邪魔者って言われたのに？　俺、不要なんですよね？　現に拘束されてるし。とはいえ、この人に尋ねても無駄かな？　命令されているだけみたいだし。

「あなたのお名前を聞いても良いですか？」

「私はエルビスと申します」

「エルビスさん、この手枷《てかせ》、外してもらえませんか？」

「私に権限はございませんので……申し訳ありません。お目覚めになったことを知らせてまいりますので、殿下とお話しください。それと、私に敬語は必要ありません」

「――仕方ないですね。あなたのせいではないので気にしないでください。あと、口調は習慣なので……慣れれば変わるかもしれませんが」

「分かりました。ジュンヤ様、お茶でもいかがですか？」

悄然《しょうぜん》と俯《うつむ》く俺を気遣うように、エルビスさんが尋ねた。

せっかくなのでお茶の用意をしてもらう。動くたびに鎖《くさり》がジャラジャラと鳴るのは不快だが仕方ない。

お茶はカモミールティーに似た味わいで、心が落ち着く香りだった。そういう意図で出したんだろうが。お茶と軽食を用意した後、エルビスさんは下がっていって、俺はまた一人になった。

静まり返った部屋で、これまでの出来事を思い出す。

もう元の世界に帰れないとか言ってたけど……

不安に駆られながら周りを見回すと、近くに俺のキャリーバッグが置かれていた。てっきり取り上げられたかと思っていたから、少し安心する。中身も確認するか。

俺は大手デパートの正社員で、現在は催事を任されていた。

次のオーガニックフーズフェスで、人気洋食レストランとこだわりのオーガニック野菜で有名な農家のコラボを企画して、やっとのことでオーケーが出たのだ。正式な契約と企画を詰めるため、熊本にある農家に出張する予定だった。

農家のオーナーが頷いてくれるまで長かったよな。でも、今までの努力は全部無駄になったんだ……

そう思うと涙が出そうになるが、堪《こら》える。泣いたらあいつらに負けた気がするから。

バッグの中を探ると、俺の分厚い手帳もちゃんとあった。無農薬トマトの栽培のこだわり、とか、巷《ちまた》で人気のソースの隠し味はこれじゃないか？　といったメモがびっしり書き込まれている。俺の宝物だ。

手帳の表紙を撫でていると、コンコンとノックがあり誰かが入ってきた。

見ると、品格の感じられる男とローブの男、エルビスさん、それに腰に剣を下げた男が三人もいる。拘束された状態でこれだけ警戒されるなんて、俺はどれだけ危険視されてるんだろう。

「ジュンヤ様、こちらはエリアス殿下です」

「目が覚めて良かった。ジュンヤ殿というそうだな」

キラキラした殿下が俺の前に立ち、笑みを浮かべた。

「座ってゆっくり話をしたいのだが、良いか？　事情を話さねばなるまい」

「分かりました。その前に、この手枷《てかせ》はなんとかなりませんか？」

俺はこくりと頷いて、手枷《てかせ》のついた手首を殿下に差し出した。すると、殿下は笑みを消し、鋭い眼差しをこちらに注ぐ。

「自害せぬと約束してくれるのならば」

「えっ？　しません！　あの時は仕事のことで頭がいっぱいで、カッとなっただけです」

「だが、帰れぬと聞いた時に自害しようとしていただろう。そなたを保護するのが我らの役目なのだ」

「あの時は……。しかし、帰れないのならどうしようもありませんし、自殺なんかしたら両親に顔向けできません。だから、外してください」

殿下の目を見てしっかりと答える。いや、本当にアレは気の迷いですから、自殺はしないです。

どんな時も生き抜くって決めてます。

「すまないが、国王陛下の許可が必要だ。必ず許可を頂いてくる故、明日まで我慢してほしい」

鍵《かぎ》を持っていないのなら信じて待つしかない。俺は素直に頷いた。

殿下が俺の正面に座ると、騎士達がそれを囲むように立つ。ローブの男は殿下の傍で油断なく俺を見据えている。

エルビスさんがまた用意してくれたお茶を一口飲んで、殿下が口を開いた。

「私はこのカルタス王国の第一王子、エリアス・アリスティド・カルタスだ。まずは、この度の神《み》子《こ》召喚に巻き込んでしまったことについて、我が国の落ち度を認め、謝罪したいと思う」

意外とすんなり非を認めたので驚く。

「あなたがこの国で暮らせるよう尽力したいと思っている。急な話なので、すぐに返事をする必要はない。王宮で暮らしながら、この世界について学んでいけば、先のことも考えられるようになるだろう」

「ご丁寧にありがとうございます。ジュンヤ・ミナトです。あの……本当に元の世界へは帰れないんでしょうか？　それに召喚とか、神子《みこ》とか……どういうことですか？」

俺が聞くと、殿下は表情を曇らせた。

「我が国は水源に恵まれ豊かな国だった。だが、年々瘴気《しょうき》が水源と大地を穢《けが》している。それを浄化できるのは、異界より召喚される神子《みこ》のみと伝えられてる」

そう言ってから殿下はちらりとローブの男を見た。

「召喚は神子《みこ》が現れる時だけ咲く、ロウインという神樹の魔力が必要だ。すでに花も散り、もし戻れるとしても全く同じ場所へ戻るのは不可能だろう」

ローブの男の尊大な口調は腹が立つけど、我慢我慢……

本当に帰れないのか？　両親は俺の突然の失踪《しっそう》をどう思うんだろう。

でも、祖母が言ってた。『どんなにしんどいことがあっても、頑張っていれば誰かが見てくれているよ。だから諦めたらだめだよ』って。

ならば、ここで俺のするべきことは？

「帰れないのなら、自分としてはまず、この世界について学習したいと思っています。それと、確認したいことがあるので、一緒に来た男の子と話をしたいんですが」

「危険なお前と神子《みこ》様を会わせるなどあり得ん」

ローブの男が、眦《まなじり》を吊り上げ、食い気味に横入りしてきた。

「立ち合いをつけてもらって構いませんよ。声が届けば近づく必要もありません。まぁ、本人に拒否されたら断念しますが」

いちいち怒っていては疲れるのでスルーだ。俺は淡々と交渉するだけ。

しかし、見兼ねた殿下がローブの男を窘《たしな》める。

「アリアーシュ、そう噛みつくな。分かった、神子《みこ》に話してみよう。他に望みはあるか？」

ローブの男はアリアーシュというのか、などどうでも良いことを考えながら、殿下の問いに答えた。

「そうですね。一通りこの世界について学んだら、ここを出て暮らします。その際、資金が必要ですので、私が持っているもので換金できそうなものがあれば、買い取っていただけると助かるのですが……」

「……出て行くつもりか？　それなら当面の資金はこちらで用意しよう」

「それは、お慈悲をくださるという意味ですか？」

「そう思ってくれて構わない」

――生活費を恵んでくれるんだってさ。金でなんでも思う通りになると思うなよ。

俺の心はどんどん冷え切っていく。声も同様に冷たいものになっていた。

「それはご辞退申し上げます」

「なぜだ？」

「私の祖国にはただより高い物はない、という格言がございます。苦労せず得た金銭、物にはいずれ対価を求められることもございますから。私はお邪魔なようなので今すぐ出て行きたいところですが、生活様式が明らかに違うので、せめて学ぶ時間をください」

俺は毅然《きぜん》と告げる。殿下は困ったようにこちらを見やった。

「出て行くかどうかは、じっくり考えると良い。教師となる者を選定してこちらへ遣わそう。それと、ジュンヤ殿は元の世界では何をしていたのか教えてもらえるだろうか」

「私は百貨店というところで働いていまして、商人とでも言いましょうか？　年齢は二十八歳です」

「「「二十八!?」」」

その場にいた全員が、目を丸くしながら口を揃えた。

え、びっくりしすぎ。なんで？

「そうか、そうは見えないな……」

殿下は呟くように言って、まじまじと俺を見つめた。意味不明だ。

その他にも言いたいことがありそうだったものの、こちらの要望を聞いてくれた。

殿下の年齢は分からないが、動揺を見せず話す姿はさすが王族だと感心する。綺麗なのにほぼ無表情で怖いけど。

とりあえず、最悪だった初対面より、はるかにマシな雰囲気で話し合いは終わったのだった。

その後、俺は部屋で夕食を取った。だが、昼間寝てしまった（気絶とも言う）ので眠くない。

室内を歩き回れるくらいには鎖《くさり》の長さがあるので、備えてある本棚に近づいてみる。整然と並ぶ本のうち一冊を手に取り、ページを捲《めく》った。

——なぜ、文字が読めるんだ？

そういえば、会話も普通にしていた。日本語のはずはないが……分からないよりはマシと開き直ることにする。そうじゃなくては対応できそうにない。

本の内容は、初代の王がこの国を興《おこ》す時、神子《みこ》様が支えて云々《うんぬん》、という伝記物だった。わざと置いてあったのかな。まぁ、暇つぶしに読んでみるか。

◇

初代の神子《みこ》は八百年前、泉のほとりに生息するロウインの花の開花と同時に突如現れた。

――俺と同じ黒髪黒瞳。挿絵から見るに武士のようだ。

当時は小国が乱立していた時代だったそうだ。

その神子《みこ》は召喚ではなく、現在ではメイリル神を祀《まつ》る神殿にある泉に現れたと記されている。その泉のすぐ側に、今では神樹と崇《あが》められる木が生えているのだという。

この国の物とは違う剣を振るい、初代国王と共に仲間を募り、荒れた国内を平定したのだとか。

神子《みこ》はとても志の高い、高潔な人だったそうだ。名前はナオマサだという。

二代目神子《みこ》は今から三百年前に現れた。

隣国との諍《いさか》いが続き、国は疲弊《ひへい》していた。その上、清らかな水に恵まれたオルディス河が濁《にご》り、人々は疫病《えきびょう》に何年も苦しんでいた。

人々は神殿で祈りを捧げた。そんな時、ある司教の夢枕にメイリル神が現れ、神樹ロウインに魔力を与えれば神子《みこ》が降臨するとお告げを授けた。神子《みこ》を召喚するため魔法陣を構築したが、失敗が続いた。

しかし、ある時神樹が花を咲かせ、祈るような気持ちで魔法陣を発動させたところ、泉に神子《みこ》は落ちていた。

危く溺《おぼ》れるところを王子が飛び込んで助けた。神子《みこ》は浄化の力で水を清め、この国とは違う知識で豊饒《ほうじょう》をもたらした。のちに王となる王子と結婚し、子供を産んだ。

神子《みこ》の名前はマスミ……女性かな。

疑問もあるが意外と面白い。そうして、ベッドに持ち込んで読んでいるうちに、俺は寝落ちしていたのだった。

ｓｉｄｅ　エリアス

神子《みこ》を召喚したあの日。我々は神樹の開花を知らされ、急ぎ神殿へ集まり、召還の準備をしていた。

神樹の開花は突然で、その際はすべての公務を擲《なげう》って神殿へ向かうと決められていた。

過去の降臨を踏まえ、魔導士と神官達は召喚の陣を組んでいた。泉に現れた神子《みこ》が落ちることなく神殿に転移されるように、神子《みこ》の安全を第一に訓練してきた。

過去、二人の神子《みこ》はこの国を救い、癒《いや》しを与えてくれた。

生きているうちに神子《みこ》と会えるかもしれない。胸が熱くなった。

とはいえ、神子《みこ》が降臨するのは国難の時。実際、今、カルタス王国は再び水が汚染され、一部の地域で疫病《えきびょう》が広がっている。喜んではいけないとは思うが、心のうちに納めているだけなら許されるだろう。

固唾《かたず》を呑んで魔法陣を見つめる。

しばらくして魔法陣が強烈な光を放ち、神子《みこ》と思われる少年と、後ろにもう一人、青年が立っていた。

その存在に気がついた父上――陛下は、とっさに神子《みこ》を害する者と思い青年を拘束させた。

愛らしい容貌の神子《みこ》は、大きな瞳を瞬《またた》かせていた。だが、すぐに私とダリウス、そして陛下の名を呼んで、我々を驚かせた。

彼こそが神子《みこ》と誰もが色めき立ち、陛下も彼の手を取った。陛下は呆然としているもう一人の青年をしばし見つめていたが、私に任せ神子《みこ》を連れていった。

そして、魔法陣があった場所には、凛《りん》とした面差しの青年が、美しい瞳を不安げに彷徨《さまよ》わせて立っていた。彼の容貌は一見冷たい印象を与えるも艶《あで》やかで、独特な色香を放っている。

彼はひたすら困惑している様子だったが、その仕草が人を惑わすと判断した者達がいたのも事実だった。

それから彼は祖国に帰りたいと訴えた。だが、否と答えるしかない。

その瞬間、不安げに揺れていた瞳が一転して怒りに燃え上がり、大きな任務を背負っていたことを告げた。我々は彼の重大な任務を阻害してしまったのだ。そして、任務が果たせぬなら死んだほうがマシだと、押さえ込まれているにもかかわらず、近衛騎士団長であるダリウスの剣に飛び込んできた。

怜悧《れいり》な外見からは想像もつかないほどの激情を秘めた青年。その黒々と濡れる瞳を目にして、私の胸には今までにない感情が湧き上がっていた。これが何かは分からないが、彼の力になってやりたいと思った。

わずかに剣先が触れたせいで、象牙色《ぞうげいろ》の肌に一筋血が流れる。

触れてみたいと思う欲求を抑え、気を失った彼を手当てさせ、離宮に連れて行くよう指示した。

魔導士長は牢へ入れ監禁するよう進言したが、彼も黒髪黒瞳の持ち主だ。そのような扱いはするべきではない。

そして、私はどうしても彼が気になり、離宮にダリウスや騎士達と共に向かう。

「ダリウス、彼は目が覚めたらまた暴れるかもしれない。自害する可能性もある。だが、投獄などもってのほかだ。良い手はないか」

「あの一瞬剣を引いたので無事でしたが、私でなければ命を落としていたかもしれません。一切の迷いなく飛び込んできました。あの時は勇敢に立ち向かってきましたが、この体は羽のように軽い。勝算などなかったはず。死を覚悟していたのは間違いありません。説得できるまで、枷《かせ》をつけ鎖《くさり》で行動を制限いたしましょう。誇り高い者には屈辱でしょうが、致し方ありません」

ダリウスは青年の顔を痛ましそうに見下ろした。

珍しくダリウスは本音を吐露《とろ》した。すでに周囲は私と信頼する近衛騎士だけだからだろう。幼い頃から私に仕え、互いに最も信頼しあっている。仕事を離れれば敬語など抜きに話すし、兄弟のように接することのできる数少ない友だ。

そして今、気を失っている青年の手足を縛《しば》り、ダリウスが横抱きにして運んでいる。

担架《たんか》での移動も考えたが、目が覚めたら暴れて落ちる危険もある。その点ダリウスは我が国でもっとも屈強な近衛騎士団長だ。彼よりはるかに体躯《たいく》の勝《まさ》るダリウスなら、抱き込むだけで拘束できる。王子である私も、本気の彼の力には敵わないのだから。

移動中、部下に枷《かせ》の準備を指示し離宮の一室に入る。そして、寝台に寝かせた。

ダリウスと三人ほど待機させ、私は眠る彼の様子をじっくりと観察した。生地も仕立ても良い衣服、変わった形のタイは明らかにシルクだ。貴族階級だろう。

そして、短く美しく刈り込まれた黒髪に触れてみる。ゆるい巻き髪はサラリとした手触りだ。細く柔らかい。いつまでも触っていられる。

肌も……滑らかだ。ミルクに蜜を混ぜたような、なんとも不思議な色だ。

やがてやってきた騎士に枷《かせ》を取りつけさせ、鍵《かぎ》は私が持つことにした。彼の処遇に関して、陛下は全面的に私に任せると言い、神子《みこ》に夢中だ。あまりの愛らしさに、この短時間ですっかり心を奪われたらしい。

ふと、先程の彼の言葉が脳裏をよぎる。

『あぁ、斬れよ！　俺のせいで会社に損害出すくらいなら死んだほうがマシだっ』

なんと崇高で苛烈な魂だ。

なぜか無性に惹きつけられた。彼が神子《みこ》でなくともなんとか守りたい。

枷《かせ》と鎖《くさり》で繋がれた彼の眠る姿を目に焼きつけ、私はそっと部屋を辞した。彼も何か大きな役割を持って神が遣わしたのではないか。そう思えてならなかった。

その後、目覚めた彼と話す時間が取れた。名をジュンヤというらしい。

気持ちが落ち着いた彼は穏やかで、言葉遣いも所作も美しく優雅だった。神子《みこ》の快活さとはまた違った魅力がある。

父上や宰相は、ジュンヤの容貌を見て魔族ではないかと疑っていた。

一瞬で目を奪われる艶《あで》やかさがあったからだ。魔族は人を超越した美貌を持つという。だが、遥か遠い自国に引きこもり、人間には干渉しない。だから、彼が魔族だというのはおかしな話だ。

改めてジュンヤを正面から見据える。そのかんばせは、この国の者とは違い凛《りん》としていて、細い顎《あご》と赤い唇が妖艶に映った。切れ長の目の奥に、黒い瞳が揺らめいている。

父上は、恐らく彼に魅了された。

それ故に遠ざけ危険視しているのだろう。男好きで何人も側室や愛人のいる父上なら、彼が神子《みこ》召喚で来たのでなければ即日部屋に連れ込んでいたはずだ。冷遇されるのはかわいそうだが、彼が無事で良かったと思う。

少年が神子《みこ》と判断されたのは、神子《みこ》とは純潔でなければ、浄化の力を発現しないとされているからだ。二代目様の文献にそう記載されている。また、召喚されてすぐ、我々の名前を口にしていた。

一方ジュンヤは男女問わず、人々が群がる美しさだ。この容貌であれば誰も性交渉の経験がないとは思わないだろうし、事実、私もそう思っている。

彼は枷《かせ》を外して欲しいと言ったが、私はすぐに外さなかった。本当に自害しないという確信が持てなかったからだ。嘘をついて一晩我慢してもらった。

それに、彼は王宮から離れたがっている。

それはあまりにも危険すぎる。一人でどうやって生きるつもりなのだろう。あの美貌ならば娼館という手もあるが、そんな姿は見たくない……。そう思うのはなぜなのか。

加えて神子《みこ》との面談も頼まれた。これは神子《みこ》も望んでいることだ。明日会えるように手配しよう。

——今、要職につく者で冷静なのは私だけかもしれない。

皆、神子《みこ》に夢中で仕事を後回しにしている。困ったものだ。仕事はしてくれ。

ジュンヤの部屋を辞した後、神子《みこ》との対面を終え、ダリウスを連れ自室に戻る。

安心してジュンヤについて相談できるのはこの男くらいだ。長いつき合いで私の考えも予測できている。

「たった一日で、あれほど父上達がおかしくなるとは思わなかった」

眉間を揉《も》みながらワインを一口含む。ダリウスは勝手知ったる様子で、どっかりソファーに座った。王族の前でこのような態度を取ったら、本来なら処罰ものだろうが、二人きりの時のみこうして砕けた態度になる。

ダリウスは騎士団長の仮面を外して、苦笑気味に答えた。

「臣下達も大騒ぎだぞ～？　まともなのはエリアス位だな。神子《みこ》様は俺のタイプじゃねぇし」

「そうだな、私がしっかりしなくては公務に差し障りがありそうだ。しかし、ジュンヤは本気で城を出るつもりだな」

「あ〜、何をするつもりか分からんが、顔を出して歩くのはまずいな」

「まずは勉学を望んでいるから、そちらを優先し行動は制限する。護衛騎士は意思の強い者を選出し、昼夜のローテーションを組んでくれ。離宮の使用人にも接触を控えさせるが安心できない。襲いかかる者がいないとは言えないな」

「すげー別嬪《べっぴん》だもんなぁ。なんか上目遣いがエロいし」

ワハハと豪快に笑うダリウス。この男は遊び人だ。

私も閨《ねや》係と適度に処理をするが、この男は恐ろしいほど絶倫で、一度に数人を相手にすることもあるらしい。

「手を出すなよ」

「分かってるって。それに、あれは溺《おぼ》れたらヤバイ奴だ。のめり込んでぶっ壊しちまうかもなぁ。ま、誘われたら一回くらいシてみたいけどな」

全くこの男は……

苦笑しつつ、確かに溺《おぼ》れてしまいそうだと納得してしまう。自分だけの物にしようと嫉妬と執着で身を滅ぼしそうだ。

その後は真面目に話し合い、明日も面談についてくるように命じると、ダリウスはグラスを空けて退出していった。私は自室でできる書類を取り出し仕事をする。

神子《みこ》は私と話をしたがり、お陰で急ぎの案件ができなかったのだ。滅多にないことだが、自室で仕事をする羽目になり溜息をつく。

明日もジュンヤに会いに行こう。

そう思うと少し気持ちが高揚し、黙々と書類を処理していくのだった。

◇

殿下達と話をした次の日。俺は昼食を終えたが、部屋から出る許可はおりなかったので本を読んでいた。

すると、ノック音ののち、間を置かず扉が開いた。

「初めまして！　やっと会えましたね！　僕、立原歩夢《たちはらあゆむ》って言います。歩く夢であゆむです。高校三年生です。あ、この手枷《てかせ》ひどい！　エリアス様！　早く外してあげて！」

快活な挨拶と共に、少年が入ってきた。深い赤地に、金と黒の糸の刺繍《ししゅう》がふんだんに施されたジャケットを着ている。

学生らしい清潔感のある長めのショートカットの黒髪。丸い大きな目が忙しなく動き、小動物のようで可愛い。背丈もこの世界で出会った中では一番小さい。

俺は百七十二センチあるから、百六十センチってところか。

この世界の人々は見たところ、百八十センチは当たり前だ。一番大きい人だと二メートルを超えてるか？　胸板も分厚いし……そりゃあ、こんな小さな男の子だったら、守りたくもなるだろう。

殿下が無事に許可を取ってくれたそうで、ようやく手枷《てかせ》が外れてホッとする。ん？　そういえば俺、スーツのままですけど。手枷《てかせ》があって脱げなかったし……風呂も入ってないよね？　酷くない？　これが神子《みこ》とおまけの違いか……

後ろには、またエリアス殿下とローブの男、アリアーシュがついてきていた。

「初めまして。俺は湊潤也です。普通のデパート店員だよ」

歩夢君は俺が座る向かいにエリアス殿下と座り、じっと見つめてきた。

「なんか、僕の召喚に巻き込んでしまってすみません……。僕も、なんでジュンヤさんも来たのか分からなくて」

ションボリと俯《うつむ》く。え、召喚されたのは受け入れ済み？　これが若さか⁉

「まぁ、こうなってしまったからにはどうにか生きるよ」

不満だろうがなんだろうが、一人で生き抜くしかなさそうだしな。しかも相手は子供だし、俺が召喚されたのは彼のせいじゃない。

「あ、あの、ジュンヤさんも王宮で暮らせるようにお願いしてるんです！」

「いや、気にしないでくれ。俺にはこんな立派なところは合いそうにないから遠慮しとくよ」

「そんなぁ～。僕達同じ世界の仲間だし、一緒にいてくださいよ～。お願い」

歩夢君が目をウルウルさせて上目遣いで見てくるが、残りたくない。

「いや……」

「神子《みこ》の願いだ。ジュンヤ殿、当面こちらで暮らしてほしい」

俺が断ると気づいたエリアス殿下が素早く口を挟んできた。

昨日から、なんでそんなに引き留めようとするんだ？

「わっ！　エリアス様ならそう言ってくれると思った！」

歩夢君は殿下の右腕にしがみついてスリスリと頬ずりをする。だが、殿下は無表情で何を考えているのかよく分からなかった。

「当面、ですよ。時期を見て出たいという私の希望も忘れないでくださいね、殿下」

当面、に力を入れ強調する。すると、歩夢君が上体を伸ばし、俺の顔を覗き込んできた。

「ジュンヤさんって、綺麗ですよね〜。モテたでしょう？」

「はっ？」

綺麗って誰のことだ？

面倒なので、冷静に営業スマイルで受け流すことにした。

「いや俺は普通だって。まあ、歩夢君みたいな可愛い子に言われると悪い気はしないけどね」

「そ、そんな！　可愛いなんて、恥ずかしいよぉ〜」

——ん？　歩夢君、顔が赤いけど大丈夫？

なんだか他のメンバーにも凝視《ぎょうし》されてるけど、悪いことはしてませんよ！

「歩夢君に質問があるんだけど、良いかな？」

「何？」

キョトンと俺を見つめる。

「君は、この世界に心当たりがあるみたいだよね？　何が起こっているのか説明してもらえる？」

「えっと。良いけど、エリアス様、みんなも、二人にしてもらえるかな？」

これにはアリアーシュが大反対した。そりゃそうだよね。だが、歩夢君はキュルルン攻撃で反対をねじ伏せ要求を通したのだった。うん、結構強《したた》かだね。

みんなが退室し、向かい合って座る。

「じゃあ、ジュンヤさんに大事な話をするね」

先程までの小動物モードを封印した彼が、真剣な表情で振り向いた。

「うんっと、ここは『癒《いや》しの神子《みこ》と宵闇《よいやみ》の剣士《けんし》』っていうゲーム世界の中なの」

「げ、ゲームゥ？」

「そう。えっとね、実は僕、腐男子でね？　あ、腐男子って分かる？」

「腐女子なら……」

「それの男子バージョン。元々男の人のほうが好きなんだけどさ」

モジモジしながら、歩夢君がすごいカミングアウトをする。良いの？　それ言っちゃって！

「でね、そのゲームは男同士の恋愛ゲームなの。召喚された神子《みこ》は治癒と浄化をしながら、敵である剣士と戦って、攻略対象の男の人達と恋愛するの」

「男と恋愛ゲーム？　美少女が相手の恋愛ゲームなら知識はあるけど……」

脳が理解するのを拒否してフリーズしている。

「女の子はいるよね!?　今のところ見てないけど」

「ごめん、いない世界なんだなぁ。あ、ジュンヤさんってノンケ？　めっちゃ美人さんだから、みんなを取られないかちょっと心配だったの。良かった～」

俺はテーブルに頭を打ちつけた。

うっそ！　俺、これからも独身で永遠にエッチもできないのか？　せめて童貞卒業しててよかった……

「俺、恋愛対象は女性だから、取るとか全然心配いらないよ。ゲイには偏見はないけど、女の子がいないのはショックだ……」

テーブルに額をつけたまま呻《うめ》くように返事をした。

「ノンケなら安心だけど……ジュンヤさんの生活をサポートするから僕の恋愛も応援してくれる？」

「はぁ。ま、そのうち出て行くけど、それまでならね。恋愛って――ちなみに、誰狙い？」

「えっとね～」

またもじもじしている。なんだ？

「逆ハーレムエンド狙いです!!」

良い笑顔だ！　だが逆ハーレムエンド？　つまり何股もする気なのか？　なんと破廉恥《はれんち》な！

「それって、ありな訳？　相手は誰??」

恐る恐る聞いてみる。

「エリアス第一王子、魔導士アリアーシュ、近衛騎士団長ダリウス、今はいないけど第一騎士団の騎士と、侍従のエルビス、公爵家の子息に、神官、国王様と宰相、敵の剣士。攻略対象には隠しキャラもいてね、かなり多いんだ。実は陛下が一番簡単なルートだけど、僕、おじさんはパス。モブキャラも難しいけど攻略可能だよ。でもね、基本ルートは誰か一人とハッピーエンドなんだよね。逆ハーレムにできるメンバーは決まってて、そのメンバー全員の好感度を上げる必要があるから難しいんだ」

立て板に水のごとく続く説明に、必死に耳を傾ける。

俺は攻略対象の数を指を折って数えて……

「ちょ、ちょっと待って。じゅ、十人、いるんですけど？」

「うん。それがこのゲームの魅力でね。今あげたのはメインキャラ。十人以上の攻略対象がいて、最大四人のハーレムが作れるんだよ！　敵の剣士が隠し攻略相手なの！　一人に決められないから逆ハーレムが一番良いと思うんだ！　だから協力してね？　そうそう、エルビスさんって、本当は僕のお世話係してくれるはずなの。上手く言って交代してもらえると嬉しいなぁ！　僕、ゲームで殿下とのトゥルーエンドは見たんだ。ノーマルエンドもクリアしたけど、リアルなら逆ハーレムルートで行こうと思います！」

立ち上がってなにやら力説してるけど、それで良いのか？

まぁ、本人はめちゃくちゃ楽しそうだし、日本に帰れないのは気にならないみたいだ。なら良いか。子供だから助けが必要かと思ったが、俺よりはるかに強かった。

「頑張ってね……」

そう言う以外の選択肢はなかったと思う。

その後、扉の外で待機していた殿下達が再度入ってきた。

殿下と魔導士は攻略対象ってやつなのか。同じく攻略対象の近衛騎士団長が誰かは知らない。知らないままで良いな、うん。

エルビスさんもと言うが……確かにイケメンだけど振り幅大きすぎだろ。

「アユム、何もされなかったか？」

アリアーシュが心配そうに顔を覗き込む。うん、その子意外と強いから心配ないよ。

「大丈夫だよ。だっておんなじ国の人だもん、ひどいことなんかしないよ？」

「アユムは純粋だから、こんな怪しげな男と二人でいるなんて心配だ」

歩夢君……キュルンと音がしそうな無邪気な笑顔だ。全力でゲームの世界を楽しむ姿勢は、ある意味尊敬に値する。

二人の様子を眺めていると、殿下が口を開いた。

「ジュンヤ殿につける教師を選定した。二日以内にこちらに到着するのでその時紹介しよう」

「あの、私はまだこの部屋から出られないんでしょうか？」

さっきまで手枷《てかせ》がつけられてたし、この状況っていわば監禁ですよね。正直きついです。

「護衛と侍従を伴ってなら良い。立ち入り禁止の場所は彼らに聞くがいい」

「分かりました」

俺が頷くのを見て、殿下は満足げな表情を浮かべる。

「では、今日はこれで失礼しよう。困ったことがあれば侍従に言付けてくれ」

それから殿下はエルビスさんのみを残して、部屋を出て行った。あ〜、疲れた。

みんながいなくなってホッと一息ついて、さっそく外に出たくなる。

「エルビスさん、外に出てみたいのですが」

「分かりました。ですが、まずはお着替えをいたしましょう。手枷《てかせ》もあり、ご不便をおかけして申し訳ありませんでした」

「エルビスさんのせいじゃないです！　あ、それに、エルビスさんは、俺より神子《みこ》様のほうにつくべきなのでは？」

俺の言葉を聞くと、エルビスさんは悲しそうな目で俯《うつむ》いてしまった。

「――私は、侍従として至らなかったでしょうか」

「違いますよ！　だって、一般人の俺より、神子《みこ》様のお世話のほうが名誉でしょう？」

「私はジュンヤ様のお世話を続けたいのです。ですから、このままお世話させてください」

慌てる俺に、エルビスさんは縋《すが》るような眼差しを向けてくる。

ううう、そんなこと言われたら断れない。神子《みこ》様と交流できるように計るしかないか。後は一日も早くここを出て行くしかない。

「分かりました。ではこのままよろしくお願いします。ここにいるのも少しの間のことですし、その後は神子《みこ》様をよろしくお願いしますね」

話し合いの時、エルビスさんは隅に控えていたので、俺が出て行くつもりなのは知っているだろう。なるべく早く出て行って、歩夢君のラブラブライフの応援をするさ。

「ジュンヤ様のお気持ちは分かりました。ですが、私はずっとここにいていただきたいです。……この気持ちはお伝えしておきます。では、お着替えをしましょう。本当は湯あみのご用意もしたいところでしたが夜にして、お着替えの前にお体をお拭きいたしますね」

それから、エルビスさんと、二人の侍従さんに体を隅々まで清拭《せいしき》された。恥ずかしいので辞退したが、聞いてもらえなかった。おかげで顔が真っ赤になったのは言うまでもない。

俺に用意された服は、白いドレープのある前開きシャツ、ロイヤルブルーとシルバーの糸で刺《し》繍《しゅう》された豪華なジャケット、濃紺の太腿部分が膨らんだズボンだった。

ズボンは紐でウエストを締めるタイプだが、大きくてぶかぶかだ。裾は俺が寝ている間に測って裾上げしてくれたらしい。

後で仕立てたものを出してくれるそうだが、勿体ないと断った。聞いてもらえなかったけどな。

それにしても、服が全部大きい。

俺は日本では決して小さくないけど、殿下達も侍従さんも全員俺より上背《うわぜい》がある。シャツも気をぬくとはだけそうだ。

歩夢君は仕立て上がるまでとりあえず子供用の服を着ているらしい。俺の服も貴族の子供用だ。子供の頃から大きいんだな……

着替えた後、しばらくして護衛の騎士さんがやってきた。

騎士は白い制服に、赤でパイピングが施されたジャケットを身につけている。肩章は赤と金だ。どうやら赤には意味がありそうだ。

おぉ～！　落ち着いて見ると騎士、カッコいい!!　召喚された時はビビッてたからよく見てなかったよ。テンション上がる！

頭の中では騎士ヒャッホウとお祭り開催中だが、表情は冷静さを維持する。

「近衛騎士のウォーベルトと申します」

「同じくラドクルトと申します」

「ウォーベルトさん、ラドクルトさん、ジュンヤ・ミナトです。お手数をおかけしますが、よろしくお願いします」

騎士の二人に頭を下げると、エルビスさんが一歩前に出た。

「ジュンヤ様、私もお供いたします」

「よろしく、エルビスさん。どこが良いかなぁ」

「庭園に美しい花が咲いておりますが、いかがでしょう」

その提案にすぐさま頷き、俺達は部屋を出た。

エルビスさんに先導してもらいながら歩いていると、貴族らしい人達が遠巻きにこちらを見ていた。でも、決して近づいてこない。

気にしていたら神経がすり減るけど、やっぱり気になるな。

俺がいたのは王宮の端に位置する離れだったようで、少し歩いたところに庭園はあった。

シンメトリーの作りで、色とりどりのバラが咲き誇っていた。花の名前には詳しくないが、マーガレットのような花もたくさん咲いている。

「おお～すごい！　綺麗だ！　外の空気も最高！」

俺はウキウキと庭を歩き回っていたが、気が抜けたのか急に腹が鳴ってしまった。朝食も食欲がなくて、パンとスープしか食べられなかったしな。

エルビスさんに聞かれて、少し笑われてしまった。きまり悪く彼を見つめると、エルビスさんは優しく目元を緩める。

「失礼しました。こちらに食事を手配いたしましょうか？　この先に東屋《あずまや》がございますよ」

「お願いします！　天気もいいし、気持ち良さそうですね」

さて、そんなこんなで東屋《あずまや》に食事を用意してくれたのだが。

「ぼっち飯かよ……」

いや、完全なる一人ぼっちのほうがまだマシだ。

エルビスさんも騎士さんも仕事中だからと、俺が食べるのを見ているだけ。

それじゃ三人がお腹すいちゃうじゃないか！　それに、正直に言おう。寂しい！　しかも、量がすごく多い。無理して急いで詰め込んだがギブアップ。

味つけが微妙に物足りないのも辛い。朝のスープもシンプルな味つけだったから、これがこの国のスタンダードなんだろう。

「ジュンヤ様、ゆっくり召し上がってくださいね。それに、それだけでよろしいのですか？」

エルビスさんがまだ料理の残った皿をちらりと一瞥《いちべつ》して尋ねる。

いや、かなり食べましたけど！

とはいえ沢山残ってしまった。残りは夕食用にしてもらおうと頼んだが、却下されてしまう。

「あの、体格差もありますし、次からはこの半分でいいです。どうしよう、勿体ないな。ごめんなさい」

「お気になさらないでください。量のほうは次回から調整させていただきます」

こんな量を食べて動かないでいたら、あっという間に太りそうだ。

それから一度部屋に戻り休憩して、午後は運動がてら、王宮の書庫なども見せてもらった。

そして夕食もお昼同様、残してしまった。パンは硬くて顎《あご》が疲れるし、食べきるのが難しい。正直これが続くのは辛いのでなんとかしたい。料理人を傷つけないように伝えるにはどうしたら良いだろう。

結局、エルビスさん以外と会話せずに一日が終わった。他の人から避けられているのをひしひしと感じて、すごく寂しい。必死で平気なフリをしてるが、何日頑張れるかな。

俺はひっそりため息をついて眠りについた。

次の日、さっそく朝から、俺にこの世界について教えてくれる先生が来てくれた。

別室へ案内されると、サロンに、濃いグレーのローブを纏《まと》った白髪の男性が立っていた。

「初めまして。お待たせして申し訳ありません。ジュンヤ・ミナトです。よろしくお願いいたします」

「なんの。さして待っておりません。儂《わし》はバレットと申す学者です。ジュンヤ様とお話しするのを楽しみにしておりました」

柔和な笑みを浮かべるバレット様に緊張が解れていく。

「ジュンヤ様、バレット様は賢者の称号をお持ちです。なんでもお聞きになられると良いかと」

隣に控えていたエルビスさんの台詞《せりふ》に、俺は目を剥《む》いた。

「賢者様⁉　そんな立派な方のお手を煩《わずら》わせるなんて、申し訳ないです」

「そう畏《かしこ》まらずに、気軽にこの老人の相手をしてくだされ。儂《わし》も楽しませていただくからのぅ、ほっほっ」

たしかにご老人にとっては俺なんか子供だよな……

そう思うと気が抜けた。それに、やっと普通の会話ができそうな予感がして気持ちが浮上する。

「さて、ジュンヤ様は何をお知りになりたいですか？」

「そうですね、この国の名前しか聞いていないのですが……」

「なんと！　あやつらときたら困ったものだ。改めまして、ここはカルタス王国と申します。この世界では、森と平野の広がるこのカルタス王国と、海に面したトラージェ皇国が勢力を二分し、その他の小さな国々は、このどちらかと同盟を組んでおります。魔力攻撃のカルタス、物理攻撃に強いトラージェ、といったところですな。現在は和平を結んでいますが、過去に何度も争いが起きています」

「今は平和なんですか？」

「実のところ、そうではありません。トラージェは以前から我が国の肥沃《ひよく》な土地を欲していて、小競り合いはいまだに起こっておるのです。彼の国の農地が痩《や》せているのが原因かもしれませんな」

「う～ん、土が硬いのかもしれませんね。耕して土壌開発をすれば他国へ攻め入るのを考え直してくれるでしょうか？」

「おや、ジュンヤ様は農業に詳しいので？」

バレット様は意外そうに眉を上げた。俺は慌てて首を横に振る。

「とんでもない！　仕事で農家の方と話す機会が多かっただけです」

それにしても……海か！　魚が食べたいし、出汁《だし》の材料も見つかるかも。目指せ、和食！

「トラージェには行けないのでしょうか？」

「……興味がおありかな？」

「海産物に興味があります。私の元いた国と同じ素材があるかもしれませんし」

「今はちと難しいですなぁ」

バレット様は渋面を作って言った。残念だ。

でも、いいこと思いついた！　俺は商人になろうかな。いろんな国を商売して巡るんだ。

「実は、ここを出たらどんな仕事をしたらいいか考えていましたが、商人になりたいです」

「王宮を出て、お一人で暮らすおつもりかな？」

不思議そうな顔で見つめてくるバレット様。しかし、ここでは仕事をさせてもらえそうにないし、とにかく無視がきつい。元から人と関わるのは好きだし、何より俺は普通に暮らしたいだけなのだ。

「もちろんです。今はお世話になってしまっているので、早く自立しなくては」

「……ジュンヤ様、率直に申し上げて良いかな？」

ゆっくりと区切るように話しながら、バレット様は俺を見つめた。

「そのお姿では、市井《しせい》では暮らせません。この世界にない色をお持ちの神子《みこ》様やジュンヤ様は、それだけで人目を引きます。そして、あなた達を手に入れようとする者達が数多くいるのです。しかもジュンヤ様。その美しさでは一人歩きをした途端、拐《かどわ》かされる危険がありますよ」

拐《かどわ》かされる？　女子供じゃあるまいし。って、女性はいないんだった。それに俺が美しいなんてどんな冗談だ。そんなこと言われたのは初めてだよ。

俺は訝《いぶか》しげに彼を見つめた。

「バレット様。私は普通の男ですよ……」

「ご自分ではお分かりでないんですなぁ。その色っぽい目で見上げられたら、男はグラっときますぞ？　殿下がジジイの儂《わし》を引っ張り出した理由が分かりましたわ」

バレット様は、パチンとイタズラっぽくウインクをして、ワッハッハと豪快に笑った。この人、若い時に相当遊んでるな。

「その美しい黒い瞳で見つめられると、ジジイも枯れていないと思いましたぞ？　神子《みこ》様は明らかに子供であったので平気でしたがのぉ。ジュンヤ様は会話も身のこなしも洗練されておられるので余計に際立ちますぞ。警護をしっかりとつけていただかないと危なっかしい」

俺は言葉を失って、すぐに返事はできなかった。美しいとか色っぽいとか、俺を形容するワードに含まれておりませんって。

「髪を染めるとか、私の国では目の色も変える道具がありましたが、そういうものはありますか？」

王宮から離れるには色を変えるしかないと焦りを感じる。髪はブリーチするか……スキンヘッドは避けたい！

「目の色は難しいですな。髪を染める者はおりますが、その黒を変えるなど勿体ない」

逆に言うと、髪色だけでも変えられたらなんとかなるかも。目は隠したりすればどうにかなる、かな？

「そのあたりは、自分で考えます。他に知りたいのは、この国の文化をざっと理解したいです。生活習慣、物価、生産物など商売に不可欠なものは細かく。魔法についても知りたいです。ひと通り知ったら、周辺国のことも学びたいです」

「ジュンヤ様は勉学に貪欲な良い生徒だ。ご希望の資料を用意いたしますよ。儂《わし》もこの歳で楽しみが増えた。感謝いたしますぞ」

「こちらこそよろしくお願いします、バレット様」

バレット様の授業は毎日行われた。あ、土日はお休みで。

曜日設定も覚えやすい。月の曜日、火の曜日と、元の世界とあまり変わらないのだ。

彼は賢者だけあって幅広い知識があり、話が尽きなかった。

俺の一週間は、午前はみっちり講義を受けて、庭を少し歩いてから書庫で大量に借りた本を自室で読んで、メモを取るの繰り返し。離宮内の散歩は可能な限りしなかった。

冷たい視線も、ヒソヒソと噂されるのも苦痛だ。そもそも離宮で歩いて良い場所がサロン、書庫、庭だけだったし、外出も許可が出ていない。事実上の軟禁だが、監禁よりはマシと思うしかない。

仕方ないので黙々と勉強に勤《いそ》しんだ。部屋を出るのは最低限に抑え、運動は室内でトレーニングしたが、食欲がなく食べられないし、疲れやすくなってしまったのが悩みだ。ストレスかな。

ちょっと痩《や》せてしまったので、エルビスさんと、新たに加わったノーマさん、ヴァインさんという侍従に心配され少し困っている。

今日の授業では、カルタスの歴史と金銭の価値、物価などを学んだ。元々土地はかなり豊かなので、農作物の種類も豊富らしい。

だが、数年前から不作や水の汚染が進み、輸出量も減っているという。それをトラージェは経済的な締めつけだと感じているようだが、実際には収穫量の激減が原因だ。

「カルタスの不作が続く原因に、心当たりはあるんでしょうか？」

「聖なる泉が濁《にご》り始め、河はまだ良いのですが、各地の沼や湖も汚染されつつあります。特に小さな水場は瘴気《しょうき》にあてられ、使用できなくなっているのですよ。雨頼みとなった地域では水不足が進んでおります」

「瘴気《しょうき》とは、どうにかできるものですか？」

「神子《みこ》様の祈りの力で浄化できると言われておりますが、呪われた山の民の仕業と言う者もおります」

「祈りと、呪われた山の民？」

祈りでどうにかなるなんて正直思えないが、ただの水質汚染じゃないということだろうか。見てみないと分からないし、下手なことは言えないな。

「基本、水は神子《みこ》の浄化で解決するとお考えなんですね？　それと、山の民とは？」

「初代様は戦の術と人心をまとめる力、二代目様は浄化の力を持ち合わせて、その時代の争いや病を鎮めてくださいました。山の民の話は長くなりますので、今度にいたしましょう」

「俺が泉を見るのは難しいでしょうか？」

「そもそも外出が難しいでしょうな。恐らく許可されんでしょう。何かあってはなりませんからの」

「う〜ん、髪色だけでもなんとかしないと出られないんですね？」

「まぁ、フードを被るという手もありますがの。ただ、今はジュンヤ様を誤解している者が多い。慌てずお待ちくだされ」

そう宥《なだ》められ、俺は素直に頷く。それから、食べ物について学んでいくと、作物は日本の物とそっくりだった。

ゲームを作った人は手を抜いたのか？　まぁ、分かりやすくていいけど、なぜ味は微妙なんだろう。不味《まず》くはないが美味しくもない。ゲームだから味つけは反映されていないってこと？

農工具など道具類は中世期の文明と似ている。

魔法は貴族や魔導士、神官など、ほんの一部の者しか使用できないらしい。

とはいえ、庶民が全く魔法に親しんでいないかというと、そういうわけではない。

例えば、火は魔石に力を溜めたもので起こすという。火起こしの魔石は比較的安価で売られているそうだが、消耗《しょうもう》が激しい。一度湯を沸かすなどしたら、あっという間に使い果たしてしまうらしく、そのため風呂は贅沢《ぜいたく》とされているとか。

どこの世界でも、庶民とセレブの差は大きいのだなぁと実感する。

「お風呂の我慢は辛いけど、他は頑張れそうです」

「おや、入浴がお好きとは、ジュンヤ様はもしかして貴族の出ですかの？」

「とんでもない！　俺達の世界は魔法がない分、科学が発展してたんです。みんな風呂が大好きで、ほとんどの家にお風呂があって、毎日入りますから」

「ほほう、そこまで普及しているとは。ところで、ジュンヤ様。本当はご自分を『俺』とお呼びになるのですなぁ」

ホッホッとバレット様が軽快に笑う。

指摘されて初めて気づいた。頬に熱が集まるのを感じながら、俺は目を泳がせる。

「し、失礼しました、つい」

「いやいや、嬉しいですぞ。それだけこの老人に気を許していただけたのですから。最近神子《みこ》様は神殿で浄化の練習に集中しているようで、儂《わし》との授業もなくなり、年寄りの出番は終わりかと寂しかったのですよ」

「どんな練習なんですか？」

「神殿の儀式は極秘でしてな、儂《わし》にも分かりません。あまり上手くいっていないのは確かでしょうな。少々、上の者達が苛立《いらだ》っております」

「そうですか……」

バレット様との授業も一段落し、俺は庭へ出た。最近、お昼を自室で食べてから出ることが多いのだが、今日はその前に歩きたい気分だった。ちょっと汗ばむくらいの陽気が心地いい。

この国は温暖で、季節は日本でいうと初夏と秋の繰り返しらしい。北へ行けば山があって、それを越えればトラージェに辿り着く。山では雪が降るそうだ。

山の向こうのトラージェは常夏の国らしい。山を越えれば夏の国……？　気候がよく分からない。海を越えた先にも大陸があるのだとか。

見たことのない国に想いを馳《は》せつつ、浄化のことを考える。水が汚染されれば作物に影響があるのは当然だ。歩夢君は頑張ってるかな？　あれから会わないけど、元気にしてるのかな？

考え事をしつつ庭を歩いていると声が聞こえた。

「あ〜あ、俺も神子《みこ》様のお世話したかったなぁ〜。こっちはおまけなんだって？　しかも殿下達に色目を使ってるって聞いたぜ？」

「お前、おまけを見たのか？」

「遠目でな。確かに黒髪だったけどさぁ。近くで見た奴が言うには、妙に色気があって男娼なんじゃないかって話だ」

「本当かよ！　金出せばやらせてくれるかもな〜」

俺は建物の角で立ち止まって、動けなかった。血の気が引くほどの怒りを静かに抑え込む。

護衛として近くに控えている騎士は無言だ。味方ではないから仕方ない。

エルビスさんは、歩夢君に呼ばれ王宮に行き、一緒にいなかった。いれば何かしら言ってくれたかもしれないが。

いやらしく笑っている奴等の前を通らないと書庫には行けない。書庫は諦めてくるりとUターンした。あの前を通るのは無理だ。先程までバレット様と楽しく話をしていた分、こたえる。

無言のまま部屋に戻り、具合が悪いとノーマさんに謝り昼食は辞退した。

ベッドに入ってシーツに包《くる》まり、絶対に自立してやると決意する。

悔しくて泣くのを我慢していたけど、涙が込み上げてきた。でも、泣くのは今日でお終いだ。明日からはもう泣かない、絶対に。

窓辺に置いておいたスマホを取り出し電源を入れると、当然ネットは不通だった。

残り少ない電池を大切に使いながら、スマホの中に入っている音楽を再生する。お気に入りの曲が流れ出し、俺は鼻をすすりながら小さな声で歌ってみた。

そうだ、いつもこの歌に元気をもらっていた。俺は負けない。この歌のように、いつか分かってくれる人が見つかるよう、誠意を持って行動しよう。信頼を勝ち取る努力をするんだ。

ばぁちゃん。俺、諦めないから。頑張るよ。

◇

ある日、授業が休みになり、珍しく庭に一人で出ていた。離宮の中だから、護衛も侍従さんも必要ないと供は断った。

でも、俺はその判断をさっそく後悔した。突然目の前に知らない男達が立ちはだかったからだ。

相手は四人。ぐるりと周りを囲まれてしまった。服装から見て、おそらく聖職者だろう。

「こちらへ来い」

「なぜですか?」

「黙ってくれれば良い」

「侍従達に……」

みんなに声をかけようと身を翻《ひるがえ》した瞬間、腕を掴まれ、口を塞《ふさ》がれた。

「うぐっ! ううっ!!」

そして、軽々と肩に担《かつ》がれてしまう。足をバタバタと振って暴れると、バランスが崩れて地面に落ちた。

「「ジュンヤ様!?」」

その時、いくつもの声がこちらに向かってきた。すると、男達は口惜しげに舌を打って、踵《きびす》を返して去って行った。

彼らがいなくなったと同時に、エルビスさんと護衛達がやってきたが、俺は「転んでしまった」と誤魔化した。連れ去られそうになったなんて言えない。

しかも聖職者らしいなんて……厄介《やっかい》なことに違いない。彼らの目的はなんだろう。

不安な気持ちを振り払うように、そのまま東屋《あずまや》に向かう。しかし、途中で急に浮遊感に襲われてしゃがみこんでしまった。目の前がグラグラして、冷や汗が流れる。

「ジュンヤ様！」

エルビスさんが慌てて飛んできて、俺を軽々と横向きに抱き上げた。お姫様抱っこじゃん！

下ろして欲しいが声も上手く出せなくて、猛ダッシュでベンチに横にされる。

「すみません」

声を絞り出して謝ったが、それが限界で、目の前が真っ暗になった。


目が覚めたら自室のベッドだった。エルビスさんが運んでくれたのかもしれない。

室内が茜色に染まっている。もう日が暮れるところのようだ……

体を起こしたら、またエルビスさんが飛んできて、背中を支えて起こしてくれた。ノーマさんとヴァインさんもクッションとガウンを抱えてやってくる。頭を起こしたら、まだふわふわするので、クッションで背もたれを作ってくれたのは助かった。

「ジュンヤ様、ゆっくりです。無理に起きないでください」

「すみません、もう大丈夫です。ご迷惑をおかけしました」

「迷惑などと思っておりません。治療師によると、栄養と血が足りず、体に負担がかかっているとか。確かにお痩《や》せになりましたから」

そう言って俯《うつむ》いた後、エルビスさんはベッドの横に跪《ひざまず》いた。そして、両手でそっと俺の手を包み込む。

「ジュンヤ様、たくさん我慢しておられるのは分かっています。我らに気を使ってくださっていることも。しかし、正直に仰ってください。食事がお口に合わないのには気がついておりますが、どういったものなら召し上がっていただけるのか教えてくださらなければ、直すこともままなりません。我々は決して裏切りません。毎日私達に優しく声をかけ、労《いたわ》ってくださるジュンヤ様の御心に報いたいのです」

気がつくと、ノーマさんやヴァインさんもエルビスさんの後ろで両膝をついていた。その眼差しはどこまでも真摯《しんし》だ。

「そうですね。俺も意地になっていたかも……これから三人には正直になります。それと、心配かけてごめんなさい」

そう。俺は三人が心から心配してくれていることを知っていた。でも、裏切られてショックを受けるのでは、と怖かったのだ。優しく見守ってくれていたのに。

「それと……ありがとう……」

俺はこの世界に来て初めて心から笑った。

そして、泣いていた。ノーマさんがそっと涙を拭いてくれて気がついた。

「いい年をして泣くなんて恥ずかしいな」

「そんなことはございません。ですが、これからは辛くなる前に、我々に打ち明けてください」

俺は泣き笑いで頷いていた。少しして落ち着いてから、どうしても耐え難い問題について告白した。

「食事が、その、味つけが合わなくて。パンも硬くて食べるのが大変で。でも、料理人に失礼なので言い出せなくて」

「ご希望を仰ってください。どのようにしたらいいですか？」

「それですが、厨房を使わせてもらえますか？」

「えっ？」

俺の申し出に、エルビスさんは目を瞬《またた》く。

「作ってみるので、皆さんにも食べてみてほしいんですよ。ただ、料理人には気分が悪い話だと思うので、断られたら諦めます」

「分かりました、厨房には話を通しておきます。確かに頑固者ですが、新しい料理を知る機会だと説得して、明日使えるように手配いたします。夕食は柔らかいものをご用意しますね。果物などはいかがですか？」

「はい、お願いします。あと、恥ずかしいんですが、一人で食べるのが寂しいんです。会話もできないし。向こうでは、よく誰かと一緒に食べていたので。だから、誰か一緒だと嬉しいんです……」

エルビスさんは考え込んでいた。そんなに難しい頼みなのかな。侍従は仕えるのが役目なんだろうけど、俺は神子《みこ》でも貴族でもないから友達になりたいな。

「私達が一緒にお食事をするときっと罰を受けます。ですが、殿下に相談いたしますので、もう少し我慢してください。その代わりお食事の際は、必ずお傍についておりますから」

なんとかしようと思ってくれることが嬉しい。でも……

「我儘《わがまま》を言ってすみません。でも、無理はしないでください。それと……難しいのかもしれないけど、皆さんとは友達になれたら嬉しいな」

エルビスさんは一瞬驚いたようにこちらを見つめた。それから頷いて、ニッコリと頼もしく笑ってくれる。

その後は三人に安静にするようにと言い渡され、大人しく本を読んだ。

夕食の前に扉をノックされ、エルビスさんが入ってきた。

「エリアス殿下がいらっしゃいました。そのままでよろしいそうです」

えっ？　殿下？　なんで？

俺は寝巻きのままだったので、ベッドから降りて慌てて着替えようと立ち上がったが、ふらりと力が抜けてベッドの横に座り込んでしまった。気を抜くと横に倒れそうなので、床に両手をついて踏ん張る。

エルビスさんが名前を呼んで駆け寄ってくる気配を感じたが、その前に別の大きな影が近づき、抱きかかえるように立たされた。俺の腰に片腕が回され、力強く抱き込まれる。

まさかな、と思いつつ見上げると、煌《きら》びやかな金色の美貌が目の前にあった。なんという攻撃力。

美形は世界を救うかもしれない。ちょっとドキドキしたのはヒミツだ。

「殿下！　大丈夫ですからお離しください！」

正気に返り慌てて手を突っ張るが、ビクともしない。顔がちょうど肩に密着しているため、首が太く、体にも筋肉がしっかりついているのが分かった。

と言うか、くっつき過ぎ！　男でもイケメンと密着すると流石《さすが》にドキドキするんだな！

俺の動揺はバレていないようで、ヒョイと横抱きにされてベッドに戻された。エルビスさんが上掛けをかけてくれる。

「殿下、こんな格好で申し訳ありません」

「いや、先触れを出すべきだった。無理をさせるつもりではなかった。倒れたと聞いて来たのだ。執務に追われ、ジュンヤのことを人任せにしていたからな」

「お気遣いありがとうございます。少し休めば治ると思います」

「侍従に聞いたが、食事が合わないそうだな」

エルビスさん！　そんなにハッキリ言っちゃダメ！　背中に冷や汗が流れる。

「そんな顔をするな。実は神子《みこ》も同じことを言っているらしく、王宮の料理長もほとほと困っているのだ」

「そうですか」

「そこで、ジュンヤの作る料理を王宮の料理長にも教えてほしい。良ければ神子《みこ》の分も作って王宮に届けてほしいのだ。それから、必要な素材を探すために外出できるように陛下に許可をいただいた。もちろん、体調が戻ってからだがな。それまでは、ほしいものを伝えてくれれば仕入れさせよう。侍従が食事に同席するのも許可する」

「外に行けるんですか⁉」

「もちろん護衛と侍従はつけるぞ」

「十分です！　嬉しいです！　ありがとうございます」

外出ができるだけでも嬉しいのに、買い物も？

俺は笑顔で頭を下げた。顔を上げると、微妙な表情を浮かべる殿下と視線がかち合う。

あ、殿下、呆れてる？　冷たーい目で見てますね。良い大人がテンション上がってるのは、見苦しかったでしょうか。

「それと、もう一つある。私には報告はなかったが、陛下が護衛騎士達にジュンヤとの会話を禁じていたそうだ。話しかけられても挨拶を交わすことも許されなかったので、ジュンヤに不快な思いをさせたろう。今後は外出時の警護について話し合う必要もあるし、その命令は撤回していただいた。騎士達は嫌っておらぬので、今後は安心して話しかけてやってくれ」

「そうだったんですか。でも、なぜ禁止されたんでしょう？」

首を傾げて考えている俺を、殿下は無表情で見つめていた。

「言いにくいのだが……誘惑して味方にし、神子《みこ》を害するのではと思われていたようだ」

「……恐れ入りますが、もう一度よろしいですか？」

殿下は溜息をついて、俺に顔を寄せてきた。おぉう、近いです！

「バレット殿も言っていたが、自覚がないので私からも言うべきだな。ジュンヤは、我が国にいない容貌だ。神子《みこ》とも違う。神子《みこ》がヒマワリならばジュンヤは棘《とげ》のある薔薇《ばら》。しかし、棘《とげ》が危険と分かっていても、人は薔薇《ばら》を愛《め》で、触れずにいられない。そなたの美しさはそういう類《たぐい》のものだ。外出時はフードを被り、決して顔を晒《さら》さぬように気をつけてほしい。分かったな？　騎士達は訓練された忠実な者だから無事でいられるのだ」

全然分かりませんが！　でも、とりあえず頷くべきところなので全力で頷きましょう！

外出してみて大丈夫と分かれば拘束も緩やかになるはず。とりあえず貧血らしい体を復活させねば。夕食はしんどくても全部食べて、明日には復活を目指す！

と、気合いを入れたものの、ちゃんと考慮された夕食が出て、顎《あご》の心配もなく食べられたのだった。それだけでもほんと助かる！

あ、そういえば男達に囲まれたこと、殿下には報告すべきだったのか？　いや、そんなことしたら軟禁生活が復活しそうだから黙っておこう。

side　エルビス

神樹が花開いたと王宮が騒然となったあの日。私の運命は変わったのだと思う。

神子《みこ》と共にやってきた、生まれながらに黒を纏《まと》った方。

私は伯爵家の三男で、爵位を継ぐのは絶望的な立場だった。そのため、独立して生きていけるよう幼い頃から鍛えられた。

母方の伝手《つて》を頼り十歳で、当時五歳のエリアス様に仕えてからは、彼のために生きてきた。

そのエリアス殿下が私を見込んで「守り、世話をして欲しい」と任せてくださったのがジュンヤ様だ。呼び出され離宮に向かった私は、気を失っているジュンヤ様を初めて見た時、衝撃を受けた。黒髪と黒い睫毛《まつげ》、瞳も黒だと殿下が仰っていた。

「彼は神子《みこ》と共にやってきた。だが、先程の様子では神子《みこ》ではないと虐《しいた》げられる可能性が高い。私は彼を守ろうと思っている。そして、その命を全うできるのはそなたしかいない」

全幅の信頼を示されて、断れる者がいるだろうか。

「命に代えてもお守りします」

私は迷いなく返事をしていた。殿下は普段表情が余り動かないが、大変心根の優しい方だ。彼が、王妃様と第二王子の母から、心無い言葉をかけられていることを陛下は知らない。殿下は告げ口のような真似をしないからだ。

王子を出産できなかった王妃様は、特にいじめ抜いておられる。殿下の母君のご実家の爵位の低さや、陛下の寵愛《ちょうあい》を一身に受けられたことへの妬《ねた》みがない混ぜとなり、エリアス殿下を疎んでおられる。

殿下の優秀さも鼻につく、といった具合だ。

私にだけは弱音を吐いてくださるのが嬉しい。その信頼に応えるため、使命を全うしようと心を新たにした。

「まだ彼の名前を知らぬ。目覚めたら聞いてくれ。心しておけ……彼は恐ろしく美しい。世話係となる侍従はそなたが厳選せよ。護衛はダリウスに任せてある」

黒を纏《まと》う方に無体をするなどあり得ないが、それほど魅了されてしまうようなお方なのだろうか。

私は平伏し、頭の中で適任者を数人ピックアップする。

「それから。手足の枷《かせ》は自害防止だ。重大な任務の途中でこちらへ来てしまったらしく死のうとした。今後も目が離せないので鎖《くさり》に繋いでいる。室内は動ける範囲にしているが目を離すな。異変は深夜でも知らせよ」

「畏《かしこ》まりました」

日が暮れようとした頃、目が覚めたジュンヤ様は、手足の枷《かせ》と足首の鎖《くさり》に驚き、悲しそうな顔をしておられた。

心が張り裂けそうだった。濡れたような黒い瞳に吸い込まれそうになりながら、エリアス殿下の言葉を思い出す。恐ろしいほどの美しさと評された、その言葉は正しかった。

涼やかな切れ長の目を伏せると、とても艶《あで》やかな色香が漂うのだ。冷静でいなければと己を戒《いまし》めたが、悲しげに微笑むのもまた美しく目を奪われた。

「お名前を教えていただけますか？」

そう言う私に、ミナト・ジュンヤと名乗り、ジュンヤと呼ぶように仰った。しかも、枷《かせ》を外せないと謝罪する私を気遣い、労《いたわ》ってくれさえした。私は心が震えるのを感じた。

侍従が仕えるのは当然。礼など言われなくて当たり前だからだ。ほんの少しの気遣いがこんなに嬉しいとは。

それに所作や言葉づかいも優雅だ。もっと彼と二人で話をしていたくなる。

しかし、今は殿下に目覚めをお伝えしなくては。急ぎ連絡したところ、殿下は早々に離宮へといらした。そのあまりの早さに、私は内心驚いていた。

殿下がいらして、私は影のように隅に控えていた。

長年侍従として重要な場面にも立ち会い、どんな状況でも動揺を面に出さない自信がある。

しかし、今回は危うく顔に出そうになった。ジュンヤ様が市井《しせい》に出るつもりであると仰ったからだ。加えて、その時は資金を提供すると殿下が提案した時――

「それはご辞退申し上げます」

「なぜだ?」

「私の祖国にはただより高い物はない、という格言がございます。苦労せず得た金銭、物にはいずれ対価を求められることもございますから。私はお邪魔なようなので今すぐ出て行きたいところですが、生活様式が明らかに違うので、せめて学ぶ時間をください」

清々《すがすが》しいほど、きっぱりと殿下へ断りを述べる。その場にいた方々が息を呑まれたのが分かった。

誰だって、大金を差し出されたら心が揺れるだろう。しかし、迷いなくそれを切り捨てた。その姿に崇高さすら覚える。

ああ、なんということだろう。エリアス様のおかげで、私はこの誇り高い貴人のお世話をさせていただけるのだ。

その後、ジュンヤ様は神子《みこ》様と面会した。

二人は同じ黒を纏《まと》いながらも正反対であった。

神子《みこ》様も明るく素晴らしい方なのだろうが、やはり私はジュンヤ様に仕えたい。そう改めて感じたが、のちに神子《みこ》様に仕えたほうが良いだろうと言われ、私は酷く傷つくのだった。

もう一つ驚いたのは、彼が年上だったことだ。

体格や容貌から、十五歳を超えたくらいだろうと思ったのだが、まさか年上とは。

ジュンヤ様はニホンジンというらしいが、小さい民族らしい。殿下も皆様も、非常に驚いておられた。

その後、部下としてノーマとヴァインを選んだ。私が一から仕込んだ優秀な侍従だ。神子《みこ》様ではないからと、少しでも渋る者は外した。思いの外そういう者が多く閉口した。

害されるかもしれないと言う殿下の心配は正しい。それは暴力もあるが、あの色香に惑わされるのではという懸念もある。

ジュンヤ様はそんな方ではないのだが、光に集まる害虫は多いものだ。油断してはならない。

それからもなかなか心を開いていただけず、食事も合わない様子でありながら一切不平不満を仰らないせいで、どこを変えるべきなのか分からない。

我々に「大丈夫です」と答えながら、日々痩《や》せていかれるのを忸怩《じくじ》たる思いで見守っていた。

しかも、使用人達の心ない噂話も聞いてしまったらしい。後で騎士から報告があったのだが、無理をしてでもお傍にいるべきだったと後悔した。

そんなある日、とうとう庭で散策中、お倒れになった。失礼を承知で抱き上げたが、真っ白になった顔色と、軽さに血の気が引く思いがした。

なんとか我々三人を信じていただかなくては。そう思い、目覚めたジュンヤ様に訴えた。

「我々は決して裏切りません。毎日私達に優しく声をかけ、労《いたわ》ってくださるジュンヤ様の御心に報いたいのです」

「そうですね。俺も意地になっていたかも……これから三人には正直になります。それと、心配かけてごめんなさい」

我々の想いが通じ、黒い瞳から涙を零しながら輝くような笑顔を見せてくださった。そして、ありがとう、と……

瞬《また》く間に心の中に喜びが広がっていく。

そして私は、これからは決して悲しい涙は流させまいと、思いを強くしたのだった。

◇

次の日、さっそく厨房へＧＯ！　の前に、エルビスさんに念入りに体調をチェックされてしまった。

こまめに休憩を取ること！　と口酸っぱく注意されて厨房へ向かう。今日は昨日より元気だし大丈夫！　と何度も言ったけど、警備の騎士の数が増えました。

厨房に行くと、料理人達が微妙な顔で並んでいた。うん、厨房は自分の城だよね。荒らされるの嫌だよね。申し訳ないです。

「今日は私の我儘《わがまま》を聞いてくださり、ありがとうございます。なるべくお邪魔にならないように気をつけます」

俺の言葉にみんなは目を見開いてたけど、返事はなく、頭を下げるだけだった。

まぁ良い。これからこれから!!

ざっと見回して……どれどれ、これは鶏肉かな。お、ガラがあるじゃん。これでスープを取ろう。トマトっぽい奴でトマトソースにするか。もう面倒だから、心の中では日本と同じ呼び名で良い。

ガラの骨を丁寧に洗ってから割って、大鍋に入れる。エシャロットと人参があったので一緒に煮込んで、アクをこまめに取ってもらうようにお願いした。あ、これローレルですか？　料理長。ほい投入！

ほほぅ、リンゴがある！　これで酵母を作ろう。できるまで時間がかかるけど仕方ない。

この国は暖かいから発酵は上手くいくはずだ。塩や砂糖は高級品らしいけど、日本のパンは砂糖を使うんだよね。

そういえばバレット様が、海がないから岩塩を使っていて、それ以外の塩はトラージェから輸入していると言ってたな。ここを出たらトラージェに行ってもいいな。海鮮三昧《ざんまい》か……

俺が料理長にあれこれお願いすると、目を白黒させながらも楽しそうだった。

「ジュンヤ様は料理人なのですか？」

料理長のハンスさんが尋ねてくる。

「いや、違うけど色んな食べ物を扱う仕事をして、生産者さんに色々習ったんだ。農家特有の食べ方とか、すごく美味しかったし楽しかったよ」

場を和ませるつもりで砕けた口調に変えたが、効果があったようだ。ハンスさんも気軽に話しかけてくれる。

「地方によって違いますからね。ジュンヤ様の国の料理も面白そうだ。是非教えてください」

最初は怪しい人扱いだったけど、厨房の人には割とすんなり受け入れてもらえて嬉しい。

彼らは、俺が自分で物を持ったり、包丁を握ったりしたので驚いたそうだ。自分ではやらずに命令してくると思っていたらしい。なるほど、貴族ってそんな感じなんだなぁ。

パンの酵母を作るのには時間がかかる。発酵を毎日見に来なきゃ。パン用の小麦粉は強力粉だから……簡単にニョッキにするか。芋があったので茹《ゆ》でてすりつぶす。

結構力仕事でぐったりしてたら、ハンスさんがプロに任せろ！　と代わりに潰してくれた。頼もしいな！

その辺りでエルビスさんに休憩をとってください！　と怒られたので、椅子に座ってブイヨンとニョッキの様子をチェックする。大鍋からは良い香りが漂っている。味見をしたらいい味が出ていた！

こんな風に、牛骨などでも出汁《だし》が取れるという話をし、いつもより濃厚なスープのベースが仕上がった。味つけを調整すればバリエーションが増えるはずだ。

「こりゃ美味い！」

みんなが少しずつ味見して、骨の使い方にびっくりしていた。臭み取りなんかはみんなのほうが分かっているから、そこはプロに任せるよ、なんてワイワイと盛り上がる。

ここを出たら商人になろうと思ってたけど、食堂もありだな。

試食は厨房の人全員と、エルビスさん、ノーマさん、ヴァインさん、護衛騎士のみなさんに頼もう。

今日の護衛担当はウォーベルトさんと、先日から警護に加わったルファさんだ。彼らにも勧めてみたけれど……

「任務中ですから」

二人はそう言って遠慮する。でも、見張りがいる訳でもないし、良いと思うんだよな。

「交代で食べれば良いよ！　あのさ、もう俺、遠慮しないことにした。お願いだから食べてよ。これも仕事だと思ってさ。今後は街で商人か食堂のどっちかで食べていくつもりだから、たくさんの人のレビューがいるんだ！」

「れびゅぅ？」

「評価だよ。好みがあるし、多くの人に食べてもらってこの国の傾向を知らないと、商売にならないだろ？　今日のも口に合うと良いんだけどなぁ。食べて欲しいなぁ」

「それはそうですが、しかし……」

俺が懇願しても、二人はなかなか首を縦に振ってくれない。

「ジュンヤ様、お命じになれば良いのですよ。命令に従うように言われておりますから」

エルビスさん、さらっとすごいこと言うね！

命令なんてしたことないけど。でも、こういう命令なら悪くないかもしれない。

「よし！　二人共、俺の料理を食べて感想を言うこと！　これ命令ね！」

ちょっとおどけつつ言ってみる。

「畏《かしこ》まりました」

二人は、苦笑いしながら了承してくれたのだった。ま、ご飯を食べろって命令なら怒られないよね、きっとさ。

さて、ドッキドキの試食会だ！

ボロネーズ風ソースをかけたニョッキ。肉が大好きな国民性だというので、チキン、玉葱《たまねぎ》、人参の千切りを入れハーブで香りづけしたスープ。

口に合わないことを考慮して、いつも通りの物も作ってもらった。いきなり味つけの濃いものだと驚くかもしれないし。

俺はすごくワクワクしていたが、みんな妙に緊張してテーブルについている。――どうした？

「こちらのテーブルは主人の場所で、普段は裏の使用人スペースで食事をしますので緊張しているのでしょう」

「そうなんだ、俺もここで食べるのは初めてだから、みんなと一緒だね！　気楽に食べようよ！」

盛りつけて配膳をしようとしたら、みんなに大反対されおとなしく座る俺。ハンスさんと厨房メンバーが配膳してくれた。

左隣はエルビスさん。最初はお誕生席みたいに一人にされそうだったんだけど、断固拒否しました！　寂しいじゃん。エルビスさんはちょっと震えてます。お願いだから倒れないでね。

「ジュンヤ様の隣に座るなど……」

「私も、ここでいいのでしょうか……」

右隣はウォーベルトさん。こっちも気を失いそうなほど青い顔している。これ、そんなにまずいの？

後ろではルファさんも青い顔で立っている。交代で食べてね。ルファさんも今のうちに覚悟を決めとけば？

いただきますと言った後、スープを口に運び、香りを確認する。良いと思う。

味は？　うん。コクもあるし、旨味も引き出されている。ちゃんとしたブイヨンにするには時間が足りなかったけど、今までに比べたらかなり違う。逆にこれくらいのほうが最初は受け入れられるかもしれない。

ニョッキももっちりしていて美味しいいし、腹持ちも良いはず。ボロネーズソースにはナス系の野菜を入れたのだが、トマトソースが染み込んで美味しい。

俺が俯《うつむ》いてチェックしていると、最初はわいわいと話し声がしてたのに、静かになっているのに気がついた。――もしかして口に合わなかった？

焦って顔を上げて、俺は目を見張った。みんなが、夢中になって食べていたからだ。

俺はゆっくり食べながら、ウォーベルトさんを横目で見た。皿の中身はほぼなくなっている。ハフハフとスープを飲み干して。

「はぁ～！　めっちゃくちゃ美味かった！」

完全に素ですね！　良い笑顔で嬉しいよ。シルバーの髪と同じくらいキラキラの笑顔だね！

ニコニコしながら横顔を見つめていたら、見られていたのに気づいたらしい。大慌てで立ち上がって、ビシッと直立不動になる。

「今まで食べたことがない美味しい料理でした！　ありがとうございます！」

「ふふっ、口に合って良かったよ。あ、口にソースついてる」

俺は立ち上がって背伸びをして、持ってたハンカチで汚れを拭いてやった。鏡がないと見えないもんな。

「後で細かい感想聞かせてね。じゃあ、ルファさん、どうぞ？」

俺が椅子をちょいちょいと指さすと、ルファさんは恐る恐る座る。

「じゃあ、持ってくるね」

俺が皿を取りに行こうとしたら、正気に返ったエルビスさんに制され、代わりに取りに行ってくれた。別に良いのになぁ。

「ジュンヤ様、このスープは香りも良いし、野菜嫌いでも、このようにするとたくさん食べられる気がします。それに、ニョッキのソースが大変美味しいです！　やはりジュンヤ様は得難いお方です！」

エルビスさんの目がキラキラしてる。侍従コンビはウンウンと頷いている。うん、君達はフィルターがかかり過ぎだと思うんだ。

「こんな風に肉を細かくするなんて、今までしなかったなぁ。でも、食べやすいし良いな。だが細かくするのに骨が折れる。少なければ大したことないが……良い方法を考えよう。それにこのソースがあれば野菜嫌いな子供も食べそうだ」

ハンスさんがブツブツ呟いてる。うん、ミンチマシーンがないのがなぁ。ハンバーグが食べたいぞ！

「ソースは他にも作りたい物があるので、おいおいお教えしますね」

「おお、お願いしますよ！」

こうして、かなりみんなと打ち解けて、久しぶりに楽しい食事ができたのだった。

でも、さすがに疲れてしまい、みんなの感想は後にして部屋で昼寝をしてしまった。

本当のことを言おう。食後に猛烈に眠くなりまして、椅子に座ってグラングランしてたら、エルビスさんにまた姫抱っこされて運ばれました。思ったより体力が落ちていた。食べて運動して力をつけよう！

倒れた後からは授業が二日おきになり、厨房へ通いレビューを集め、この国の好みを把握《はあく》するようになった。

歩夢君のための料理を作るため、王宮料理長であるミハナさんが離宮へ来た。

俺が初めて歩夢君に持たせた料理はオムライスだ。後はスープ。ふわふわ卵のコツをミハナさんに教えると、あっという間にマスターした。後はトマトソースを煮詰めてケチャップ風にする。火の魔石で水分を飛ばせるそうで、やってみたのだ。

それから冷めるのが心配だったが、マジックバッグという時間を止められる入れ物を貸してくれた。――実はこれ、高級品らしい。これ一つで中流家庭五人が一年食べられる価格だとか。さすが王宮ですね！　おかげで、歩夢君は狂喜乱舞して完食したそうだ。

ですが、今日もミハナさん不機嫌です。ですよね……プライドあるもんね。

歩夢君はどうしても俺の作るご飯がいいらしく、かれこれ二週間くらいず〜っと作ってる。

俺だってミハナさんに申し訳ない。気の毒だが、一人で全部作れるようになれば、きっと俺に会う必要はなくなるから頑張れ、と励ましたら微妙な顔をされた。

それにしても、ハンスさんは推定二メートル越え。ほぼゴリラな筋肉。分厚い筋肉の鎧《よろい》は料理人というより騎士なのでは？　といった感じだ。

ミハナさんは白い肌で、身長はハンスさんと同じくらい。ハンスさんより細いが、やはり逞《たくま》しい体躯《たいく》の持ち主だ。

毎日マッチョ料理人達に挟まれて潰れそうだよ。二人の間にいると俺は見えない……泣いてないぞ！　カッコいいなんて思ってないぞ。くっ！

そんな風に、ほぼ毎日厨房に通って、みんなのレパートリーも増えてきた。次第に余裕も出てきて、歩夢君専用料理のついでに、クッキーやマフィンを大量に作って騎士団に差し入れた。

護衛の二人に結構な量を持たせていても足りないので、その日頑張った人のご褒美《ほうび》としているそうだ。そんなに大層な物じゃないのになぁ。

厨房メンバーや騎士達には、できるだけ普通に接して欲しいと言って、今では気さくに話せるようになった。

エルビスさんにも言ったけど、それだけはダメって言われた。でも、敬語だからといって、距離を置いているわけではないですから！　と力強く断言したので、気にするのはやめることにする。

彼らには彼らの事情があるから、無理に我儘《わがまま》を通すわけにはいかない。

その代わり、友人への信頼の証として俺からは呼び捨てにすると伝えた。――そしたら三人して泣いた。びっくりしたけど嬉しかったよ。友達って良いね。

三人の姿を思い出していると、今や友人と化した騎士ウォーベルトが俺に詰め寄ってきた。

「ジュンヤ様、全然足りないんです！　ルールを決めたのに獣どもがあっという間に群がって、いまだに食べられない奴もいるんです。俺達四人は来れば毎回何かいただくじゃないですか。だから妬《ねた》み僻《ひが》みがひどいんです。小突かれまくってます！　持ち帰るにしても、さすがに全員分は無理ですし。いっそ持って行くのやめませんか？」

「えーーっ！　貴重なレビューが欲しいよ！　騎士団宿舎って、俺が行く許可出ないかなぁ。そっちで大量に作ったほうが早いんだけど。まだ離宮から出してもらえないから無理かな」

「ジュンヤ様、騎士団宿舎なら可能かもしれませんよ。殿下にはダリウス団長を通して申請してもらいましょう」

「ダリウス団長？」

聞き慣れない名前に、俺は首を傾げた。

「はい、何度か会われてますよ。こちらに来た日と、神子《みこ》とお会いした日です。それに、話はなさっていませんけど、たまにフラリと来られてますよ？」

「う～ん、とにかく大きい人かなぁ。近くで見ると胸板しか見えないから顔は覚えてないや」

「ブフッ！」

俺が呟くと、ウォーベルトとルファが噴き出した。

「団長、名前どころか顔も覚えてもらえないなんて気の毒」

ルファが裏腹な笑みを浮かべる。

何はともあれ、外出許可をもぎ取ってきます！　と猛然と走るウォーベルトを見送り、今日の作業を始めた。

「ハンスさんもだいぶレシピを覚えたし、俺が来る回数を減らしたほうが良いよね？　お邪魔でしょ？」

俺がそう言うと、ハンスさんが目をクワッと見開いた。

「ジュンヤ様が来なくなるなんて寂しいです！　神子《みこ》様も俺達が作った物と違いが分かるってミハナが言ってたじゃないっすか」

——それなんだ。同じレシピなのに何か違うらしい。歩夢君しか分からないらしいけど。だから、結局食事かお菓子のどちらかは、俺が毎日作ってるけど……

「俺、邪魔じゃない？　大丈夫？」

「「来てください！」」

その場にいた料理人全員が、必死の形相《ぎょうそう》で叫んだ。

へへへ、嬉しいな。嬉しくてニヤニヤしちゃうぜ。

side　歩夢

駅のホームにいたら、急に足元が光って、気づいたら白い建物の中にいたんだ。

目の前に大勢の人が立っている。その中に知った顔があって、僕は目を見張った。

あのイケメンはエリアス様じゃん！　あ、ダリウス様もアリアーシュもいる！

大好きな『癒《いや》しの神子《みこ》と宵闇《よいやみ》の剣士』の登場人物達を前にして、僕は直感的に神子《みこ》として召喚されたことを悟った。

夢かと思ったけど、やっぱり現実？　でも、来ちゃったなら仕方ないよね！

と、イケメンに囲まれて盛り上がってた時、後ろから誰かの声がした。振り向いたら、めっちゃ美人なお兄さんがいたんだ！　ビックリ！

あれ？　うそ！　僕が神子《みこ》じゃないの？

焦ったけど、みんなが僕を神子《みこ》って言ってくれてホッとした。

僕は物心ついた時から男の子が好きだった。幼稚園での初恋も男。初体験は家庭教師のお兄さん。男が好きで変だって言われたり、気持ち悪いって言われたりしたこともあったけど……この世界には男しかいない。僕のパラダイスだ！　両親とか受験とか気にはなるけど、僕は愛されて伸び伸びと生きたい。

そして、召喚された次の日。お兄さん――ジュンヤさんに会った。

改めてちゃんと顔を合わせたら、めっちゃ美人で驚いたよ。

でも、昨日のスーツのままで、ネクタイは緩んでシャツのボタンは三つくらい外してさ。肌のチラ見えエロス……はぁはぁ……！

美人なお兄さんが手枷《てかせ》とか、ヤンデレ監禁エンドっぽくて萌えたのはナイショ。監禁エンド、はぁはぁ！　でもリアルで手枷《てかせ》されてるのは可哀想だったから、急いで外してもらった。

それとジュンヤさんは、ゲームを知らないノンケさんだった。

やっぱり僕が神子《みこ》で間違いないね！　安心した〜！

しかも、ジュンヤさんが僕の目標を応援してくれるって言ってくれて嬉しかった。僕もジュンヤさんを陰ながら応援するよ。はぁはぁ成分ももらえたし！

でもさ。ゲームで召喚された神子《みこ》は、初日から浄化も治癒も使いまくりだったのに、僕は上手くできないの。訓練が必要とか、なにそれ。

だからイケメンでパワー充填《じゅうてん》しようと思ったのに、僕にくっついてるのは陛下。

陛下はイケオジだけど、僕、おっさんはパス！　それに陛下は愛人をたくさん囲ってるじゃん。

僕は僕を一番にしてくれる人が良いの！　歴代彼氏はみんな僕にメロメロだったしね。

でも僕、誰からも愛されちゃうから、いつも次に現れたスパダリ君が僕を略奪してくれちゃうんだ。別れてもみんなのことはずっと大好きだよ！

そうそう、ゲームでは下手するとヤンデレに走るくらい、主人公一筋なエリアス様。なんとか好感度をアップしたいのに、仕事が忙しいって言って、ちょっとの時間しか会えないんだ。

エリアス様は金髪金眼で、スチルの美しさは一番だったなぁ～。あのイベントとか、あれとか……ちゃんと起きるのかな？

神官のマテリオと魔導士のアリアーシュは、ゲームと同じで、神子《みこ》である僕にピッタリくっついて浄化と治癒の訓練をしてくれている。

アリアーシュは魔導士。肩につかないくらいのボブカットで、ピンクブロンドの髪にコバルトブルーの瞳が白い肌に映える美人さんだ。

アリアーシュは魔導士なので線が細い。それでも僕より背は高いし、筋肉もあるけどね！

彼は、貴族が多い魔導士の中、農家の息子だったけど、神殿に才能を見出されて七歳で魔導士棟に入った。出自のせいでかなり虐められたけど、努力して実力で魔導士長補佐になったすごい人。なのに、僕が一人で王宮にいるのを気にかけてくれるくらい優しい。

僕は攻略サイトを見ないで頑張るタイプなので調べてなかったけど、エンディングのエッチがねっとりしてると評判だ。この世界では女性的な外見なのにバリ立ち。萌える～。

ゲームの世界では、光魔法を使った後は毎回キスしまくってた。浄化で消耗《しょうもう》した魔力は体液摂取のみで回復するんだよね～！　ただし、お互いに好意がないと効果がないんだ。

それも楽しみにしてたのに、こっちに来てから一度もできていない。仲良くなってるけど、そこまで行けないんだ。なんで？　ゲームではエッチは最後だけど、キスくらいなら既にバンバンしてるはずなのに。エッチはガマンするけど、なんでキスできないの？　僕のキス待ち顔、萌えないのかな……

そんな風にしょんぼりしてたある日、アリアーシュにご飯の微妙さを訴えた。

言いにくかったけど、アリアーシュになら言えるかなぁって。だってさ、呑み込めなくはないけど美味しくないんだよ。パンは石みたいだし、頑張ってちぎってスープにつけて食べてるけど、顎《あご》が痛い。

僕が困ってるって強く言ってくれたのか、しばらくして明らかにこの世界のものじゃない料理が出てきた。旨味溢れるスープに、ふわふわ卵の載ったオムライスだ！　ケチャップほど濃くないけど、トマトソースがかかってる。

どうしたのか聞いたら、ジュンヤさんが作ったんだって。

マジ!?　美人で料理の上手い嫁キターー!!　一口食べると、体に温かさが染み渡る……食べ進めるたびに何かが満たされる。あぁ、僕は元の世界が恋しかったのかも。

食べながら思いついた。ジュンヤさんの裸エプロンとか萌えるかも！　誰かに押し倒されて欲しいな！　ノンケのジュンヤさんが、ガチムチに攻略されるのか……何そのゲーム、したい！

できれば鬼畜エッチ系希望!!　薄い本、この世界にあるのかな？

いけない、また萌えに走っちゃったよ。

ジュンヤさんはご飯の他にクッキーとかお菓子も作れるそうで、毎日何かしら届けてくれるようになった。嬉しい〜。ジュンヤさんもご飯がマズ……お口に合わなかったんだね。

ただ、毎日作ってもらって、流石《さすが》に大変じゃないかなぁ？　って、神官のマテリオに聞いたけど大丈夫みたい。もしかして天使なのかな？

マテリオには、だから、浄化の訓練を頑張りましょうって言われた。

うん、僕、頑張るよ！

ゲーム通りに進むのなら、マテリオは今は神官だけど、いずれ司教になる。

赤銅色《しゃくどういろ》の肩まである髪をハーフアップにして結んでいて、ルビー色の瞳は白い肌に映えて、キラキラと輝く宝石みたいだ。

彼は無口であまり話さないけど、僕の動きを先読みして、いつもなんでもサッと用意してくれるんだ。

それと、僕をたまにじっと見つめてる。目が合うと逸らしちゃうけど恥ずかしいのかな。初めて会った時、神子《みこ》のために尽くしますって言ってくれた。作法や祈りを全部指導してくれて、自分で言うのもなんだけど最近は板についてきた。頑張ってると思う！

そういえば、陛下があれからジュンヤさんに会わせてくれないけど、料理を作ってくれるんだから嫌われてないはず。また会いたいな。

ちなみに、陛下は毎日会いに来る……僕が会いたいのは他のキャラなのに！　スチル集めはクリアするけど、陛下エンドは絶対やだぁ！

そうそう、あのね、ジュンヤさんがご飯を作ってくれるようになってから、体調は良いし浄化も上手くできるようになってきた。神殿でも練習してるけど、いい感じ。

——だったのに。

ある日、一日中神殿で過ごして、夕食を食べたら何かが違った。見た目は同じなのに、あの満たされた感覚がない。どうやら王宮料理人が作ったそうで、頼んだら改めてジュンヤさんの料理が出てきた。もう、前にもそういうのあったよね！

浄化が少しずつできるようになって、街へ出たりして楽しい時間もいっぱいだった。みんなが神《み》子《こ》様！　と声を掛けてくれる。可愛い可愛いって大事にしてくれる。

もう少し浄化が上手くなったら、穢《けが》れのある泉などへ巡行の旅に出る。ゲームでもそうだったね。

……でも、ストーリーがかなり違うんだ。

エリアス様は僕のところにあまり来ないし、敵側に操られている宵闇《よいやみ》の剣士が現れるイベントも起こりそうにない。ゲーム内ではもっと汚染が進んでいて、王都に病気が蔓延《まんえん》していた状態で召喚されていた。

ダリウス様は護衛騎士だからほとんど一緒にいられるけど、任務中だからと言って、少ししか話せない。

ゲームはゲーム。ここは現実ってこと？

全然見知ったイベントが起こらないから、不安だけが降り積もっていく。

陛下もアリアーシュもエリアス様も、神官達も侍従さん達もみーんな優しい。ダリウス様も僕の護衛騎士にしてもらえて優しい。エルビスさんはいないけど、今は仕方ないよね。

優しい人に囲まれてる。なのに。寂しさが募るのはなぜだろう。

みんなが僕を神子と呼ぶからかな。

ねぇみんな、僕を歩夢って呼んで。

僕の名前はね、歩夢っていうんだ。

神子《みこ》じゃないんだよ……

◇

ただいま俺は、絶賛お出かけの支度中です！　まあ、行き先は騎士棟だけどね。

今、カルタスの気温は二十五度位だから少し暑い。料理もするし、シャツは半袖にして欲しいんだよね。でも、侍従トリオが肌を出しちゃダメって言うんだ。

特に騎士棟には獣がいるから柔肌《やわはだ》を晒《さら》しちゃダメです！　とハモられた。

柔肌《やわはだ》……？　目が悪いんじゃ？

俺の抗議に対して、涼しくなる作用のある魔石を組み込んだ宝飾品をつけるから、我慢して欲しいと言い含められた。

そんな便利な物があるのか。だから殿下とか騎士がガッツリ着込んでも涼しい顔なのか？

くわえて、毎日洋服が豪華すぎると抗議したが、エリアス殿下が寄越した物なので着なくちゃダメだと完全スルーされた。一度仕立屋と会ったが、それから新作がどんどん届いているそうだ。三人に、日本ではタンクトップに短パンで走ってたけど？　と言ってもピンと来ていない様子だった。試しに絵を描いたら発狂していた。

こんなあられもない下着姿で人前に出てたなんて！　と叱《しか》られた。下着じゃないから！

攻防の結果、薄くて風通しのいい白いシャツにしてもらった。その上に濃いグリーンのジレを着て、腿《もも》周辺が膨らんだ白いズボンを穿《は》く。腰紐は金で、編み上げのサンダルを履《は》いた。値段を聞きたくないくらいに、キラキラしたボタンやブローチなどがついております。

騎士棟へは馬車で行くことになっていて、近衛騎士のラドクルトが迎えに来てくれた。近衛騎士は実力があるのは当然で、式典などで表に出ることもあるから美形が選ばれるそうだ。

部屋を出る前に、ラドクルトから何度も「一人にならないように！」と言われた。子供じゃないから大丈夫なのにな。

到着した騎士棟は、とても大きな石造りの建物だった。王宮のような美麗なつくりではなくて実用的。いざとなったら砦《とりで》の役割もあり、王宮を囲むように半円形に建っている。その先に城下町がある。俺が将来暮らす場所、早く見たいな。

建物に入ると、中は広く入り組んでいる。ラドクルトが言っていたことが大げさじゃないと分かった。はぐれたら一人で帰れない……迷い子になりそうです。

厨房に向かう途中で訓練場の前を通りかかった。近づくにつれ、剣を打ち合う鋭い音や、何かを叩くような音、気合の雄叫《おたけ》びが大きくなってくる。

「おお！　すごい、カッコイイ！」

訓練場は剣を打ち合う人、体術の訓練で組み合う人などで溢れている。みな一様に体格がいい。

ちょっと眺めていたら、何人かがこちらに気がついた。それを皮切りに一気に視線が集まり、恥ずかしくなってしまった。

神子《みこ》と勘違いされたかな？　ごめん、俺、黒いけど神子《みこ》じゃないから！

ペコリと頭を下げて、ラドクルトを急かして厨房へ向かった。厨房へ行くと、料理人達が待っていてくれた。

自己紹介をして、神子《みこ》じゃないから気楽に話して欲しいとお願いする。

事前にブイヨンの作り方を教えてあったので、まずは仕上がりをチェックだ。細かく指示を書いたためか良くできている。

「ジュンヤ様、このスープを教えてくださってありがとうございます。色々なものに応用できそうです。脳筋騎士どもは肉ばかり食べるので、野菜を食べさせるのに苦労してるんですよ。でも、これを使えばもっと食べると思います！」

「脳筋か……ははは
っ」

思わず笑ったら、料理人は照れてしまったようだ。頬を赤く染めている。

本日のメニューはビーフシチュー。カルタスは暑い国だから違う物にするつもりだったけど、護衛ズ曰く、騎士達は暑い時に熱い物を食べるのが好きらしい。M体質か。

それに北の砦《とりで》は常に寒いので、そこで食べられるようなメニューを覚えたいとも言っていた。

パンはこの世界のものにした。騎士は硬くても全く苦にならないそうだし、むしろ日本風パンは腹持ちが悪そうだ。

野菜を切るのは任せて、味つけを手伝いつつレシピを伝える。とろみのあるメニューはないとのことで、まずはホワイトソースを教える。寒い地域だと、とろみがあるものは保温効果があって重宝するだろう。

一日じゃ時間が足りず、「これからも来てもらえるように騎士棟からも要請します」と言ってくれた。食事で体を作るのも仕事のうちってね。

「なんか俺、調理師免許ないのに料理人みたいなマネをしていて悪いな」

「この国じゃ料理人に免許なんてありませんよ！　修業すればなれます。だから、これからもお願いします！」

それなら良いか。俺はホッと息を吐いた。

そんなこんなで、どでかい鍋二つ分のシチューができた。残ったらどうしよう。俺が入れるサイズの鍋なんて見たことないぜ。

その後、午前の訓練を終えた騎士達がどんどん食堂に集まってきた。

「なんだ、スゲー良い匂いがするぞ！」

あちこちから大声がする。巨躯《きょく》を誇る騎士達が集《つど》うとすごい迫力だ。

「「うぉっ」」

「「「聞いてたよりヤバイ……!!」」」

俺の存在に気づいた騎士達が、こちらをじっと凝視《ぎょうし》する。気圧《けお》された俺は、ラドクルトの後ろにそっと隠れた。なんとも素晴らしい壁だ。完全に隠れられます！

「ジュンヤ様……出てきてください……私がマジでヤバイです……!!」

しかし、ラドクルトが必死の声で俺に訴える。

えっ？　なんで？　代わりに凝視《ぎょうし》されるから？　仕方なく壁ことラドクルトの陰から出ることにした。男は度胸！

「ジュンヤ・ミナトです。よろしくお願いします。今日はシチューを作ってみたので、食べてください」

頑張れ俺、営業スマイル！

「「「ふぉぉ～！　ヤベェ～！」」」

いくつもの声が重なり、食堂に轟《とどろ》いて耳が痛い！

「お前ら！　煩《うるさ》いぞ！　ジュンヤが怖がるだろうが！」

騒ぎを制するように怒号が飛んできた。声のほうを見ると、赤髪の騎士が立っていた。近づくにつれて、なんて大きいんだ！　と驚く。身長が二メートルを軽く超えてるし、体は分厚い筋肉に覆われている。

燃えるような長い赤髪と、褐色《かっしょく》肌に精悍《せいかん》さが滲《にじ》み出ていて目を奪われる。イケメンというより色気ダダ漏れな美丈夫という言葉が似合う感じだ。

身長差がありすぎて、目の前に立たれると、頭を直角に上げないと顔が見えない。

「ジュンヤ、ここはいつもこんな感じなので怖がらないでくれ」

ジュンヤって……えっと、初対面で呼び捨て？

戸惑いつつ、周囲の様子で偉い人だと分かり、とりあえず挨拶をした。

「はじめまして、ジュンヤ・ミナトです。よろしくお願いします」

「――初めてではないぞ」

「えっ⁉　どこでお会いしました？」

「召喚の間と、ジュンヤの部屋に殿下と共に行った。次の日もだ。離宮へも時々顔を出していたぞ。話してはいないが」

「それは、気づかずに申し訳ありませんでした」

俺は慌てて、深々と頭を下げた。多分、気が張ってて視野から外れてました。ごめんなさい。

「まぁ良い。これで覚えたよな？」

「はぁ……その、あなたのお名前を教えていただけますか？」

「知らんのか？　それは悪かった。俺は近衛騎士団長、ダリウス・ディアブロ・バルバロイだ」

「騎士団長様ですか！　それは失礼しました」

俺は再度深々と礼をする。団長とかめちゃくちゃすごい人じゃないか！

「ああ、楽にしてくれ。堅苦しいのは好かん。それに、せっかく美味そうなシチューを作ってくれたんだ。一緒に食いながら話そう」

ダリウス団長が言った途端、部下の騎士達が猛然と席を用意し始めた。チラッとラドクルトを見ると「一緒にいますよ」と言ってくれた。心強い。

席には俺、ダリウス団長、ラドクルト、ルファが座っている。

真向かいに団長がいて圧がすごい。その両脇に座る二人も大きいのに、団長を前にすると小さく見える。

一緒に来ていたエルビスは後ろに控える。俺の背後を守りますって言ってた。騎士がいるのに守る必要あるの？　寧《むし》ろ目の前の圧から守って欲しい。

「そんなに怖がらないでくれ。俺は最初からあんたを気に入ってるんだぜ？」

ダリウス団長がニヤリと唇を片方だけ上げて笑う。やばい、男の色気すごい。女の子なら、抱いてっ！　って言うところだわ。

「俺、気に入られるようなことしましたか？」

「したさ。あんた、重大な任務中だったんだろ？　俺の剣に飛び込んでくるなんて、どんだけ命知らずなんだよ」

「あれはあなたでしたか。その件は忘れて欲しいんですが」

「無理だな。みんなに話しちまったし。それに、任務に忠実なのを誇ることはあれ、恥じる必要はないだろう」

ヤーメーテー！　あの時はカッとなっただけなんだ。気の迷いなの。いや、仕事への誇りはあるけどさ〜。死を覚悟したとか大層な話になってて辛い。

「えっと、とりあえず食べてみてください」

うん、話をすり替えよう。

いつの間にかシチューが目の前に運ばれていたので、団長に勧める。

彼は興味深げにシチューを見つめ、一口頬張った。おっ、目を見開いた。

この距離で見ると瞳がよく見える。ブルーグレーで、まるで宝石みたいだ。殿下も琥珀《こはく》のような金色でキラキラしてるんだよな、羨ましい。

「うん！　美味いな！　良い嫁になるなぁ」

「嫁はないです」

ばっさりと即答した。ダリウス団長はクックッと笑いつつ、すごいペースで食べている。

周囲の反応を見ると、シチューの他、骨つき肉にも齧《かじ》りついている。騎士の食欲はすごいなぁ。

それに。ああ、笑顔がいっぱいだ。それだけで俺も嬉しくて、頬が緩んでいく。

「報告を受けていたが、確かに最初のイメージと違うな」

「それは悪いほうに、ですか？」

「ハハッ！　違う。もっと冷たい男かと思ってたんだ。見た目はな」

「はぁ？　見た目ですか」

「美人な上に性格も良し、飯も美味いと来たら求婚者が山ほど来そうだ。俺も立候補しとくかな」

パチンとウインクをする団長。いや〜、言葉の意味は理解不能だけど、日本人にはできない仕草が自然ですな。

「ありえませんよ。何を言ってるんですか？　それに、俺は男ですけど」

「そういえば、ニホンにはオンナというものがいたんだったな。神子《みこ》に聞いた。あんたは男が好きじゃないとも言ってたな」

歩夢君、グッジョブ！　そう、俺は女の子が好きですからね？　でも、女の子がいないんだった。忘れて、いえ、現実から目を背けてました！

「正確には元の世界には、ですけどね。子供を産めるのも女性だけです。そういえば、この世界で子供はどうやって生まれるんですか？　男には産めないでしょう？」

素朴な疑問をぶつけると、ラドクルトとルファが噎《む》せた。

「ああ、神殿で核になる玉《ぎょく》をもらって、魔力を流すんだ。その方法は追い追いな」

……団長がニヤニヤしてる。なんかいやらしい話な気がする。

「えっと、ごめんなさい。説明は今後もいりません。でも、魔力って俺にもあるのかな？」

「調べただろ？　とんでもない魔力量だそうじゃないか。詳しくは知らんが」

「えっ？　いつ調べたんですか？」

「お話し中、失礼します。こちらにいらした日、眠っている間に神官が調べたそうです。ジュンヤ様にお知らせしていなくて申し訳ありません。ただ、私も詳しく知らされていなくて……」

困惑する俺の後ろから、エルビスが教えてくれた。

そっか。俺にも魔力があるのか。実感は一ミリもないけど。

「魔力って誰もが持っているんですか？」

「普通の市民もわずかながら魔力は持っている。生活魔法で魔道具を使い、子を産むのになんとか足りる位だな。俺達のような戦闘に魔法を使える者は街にはいない。力のある者は神官か騎士、魔導士になるからな。魔力の属性も個々人によって様々だ」

「なるほど。俺はどんな属性なんだろうなぁ。ダリウス団長はどんな属性なんですか？」

「俺は火と雷だ。それと、ダリウスで良い。敬語はよせって言っただろ」

火と雷とかカッコイイ。でも、団長になれなれしく話すのは気が引けるな。

「うっ、不敬罪とかになりません？」

「ならねーよ。ほれ、ダリウスって呼んでみろ」

「……えー、ダリウスの力を見てみたいんだけど、ダメかな」

ここまで言われたら腹を括《くく》ろう！

思いきって言うと、ダリウスはニヤリと笑った。

「ふっ、良いぜ。今日は一日空いてるだろ？　午後の訓練で模擬戦を見せてやる」

「やった、楽しみだ！」

俺はワクワクして、満面の笑みを浮かべる。

「……なんだよ、可愛いじゃねぇか」

「ん？　なにか言ったか？」

ひとりごとかな？　まぁ良いか。

「そういえば、模擬戦って、近衛騎士同士で戦うのか？　というか、制服が違うよな？」

「ああ、白に赤のラインは近衛で、白に金が第一師団、水色に金が第二師団、カーキに金が第三師団だ。第一は貴族の子息連中の集まりだな。第二は魔導士中心だ。魔導士は魔導士棟にいるからここにはあまり来ない。第三が最前線に立つ奴らで、人数は一番多い。それと、訓練は所属関係なしにやるんだ。そのほうが刺激になるからな」

はぁ～、人数が多い訳だ。

「全然クッキーが足りないって言われた理由が分かった。俺でよければ作りに来るよ。王宮を出て食堂をやったら儲《もう》かるかな？」

「……まだ出て行く気か？」

「そりゃそうだよ。俺、穀潰《ごくつぶ》しだもん。なんにもしてないのに、こんな立派な服を作ってくれて勿体ないよ」

「何もしてない訳じゃないだろう？　こうして料理を振る舞ってくれている」

「それだけだよ。ねぇ、街に行って早く実践したいんだ。どうにか街に行けるように、陛下か殿下に許可を取ってもらえないかな」

俺が頼むと、ダリウスは顎《あご》を撫でながら考えていた。

「そうだな……条件がある。呑んでくれれば絶対に許可をもぎ取ってやる」

「どんな条件？」

「返事が先だ」

ぐぬぬ。分からないままオーケーしなくちゃいけないのか。でも背に腹はかえられない。

「分かった、良いよ。で、条件って？」

「城下に出る時は俺を伴うことだ」

「へっ？」

それで良いの？　いや、それより団長様は忙しいんじゃないの？

「決まったからな。俺が許可を取ってやる。侍従より申請は通りやすいぞ」

これは良い条件かも。首が痛くなりそうなこと以外は。

「よろしくお願いします」

話してみるとそんなに嫌な感じじゃないし、むしろ好感の持てる人だ。一緒に来てくれるなら頼もしい。

「よし、では午後の訓練の準備をするから先に行くぞ。お前らは引き続き警護しろよ。見ろ、アイツら。ジュンヤに釘づけだ。妙な真似をさせるなよ」

「「はいっ！」」

ラドクルトとルファが、起立して敬礼しダリウスを見送った。俺もその逞《たくま》しい背中に手を振る。

うん、午後の模擬戦楽しみだ〜。

◇

ダリウスが去った後お茶を飲んでいたら、周囲にジリジリと壁ができつつあった。筋肉の壁の圧がすごいです。ラドクルトとルファに目でヘルプサインを送る。

「なんだ、お前ら」

ラドクルトが周囲に声をかける。

「あの、シチュー、すごく美味かったです！　また食いたいです！」

「ちょっとだけ、こっち向いてもらえませんか？」

「ダリウス団長に飛びかかったって本当ですか？」

「こ、恋人はいますか!?」

など、一斉に話し出して耳が追いつかない。

「おい、一斉に話したら怖がるだろう！」

ラドクルトが怒鳴る。にわかに落ち込む騎士達が可哀想になり、俺は苦笑して言う。

「怖くないって言ったら嘘になるけど、一斉に話すのをやめてくれたら大丈夫、かも」

「「「はいっ！」」」

「うわっ!?」

だからそれが怖いんだっての～。おかげでビクッとしてしまった。彼らは俺が驚いたのを見て、またしゅんとしている。

でも、大型犬が怒られて耳も尻尾もしょんぼりしてるように見えて、すぐに怖くなくなった。しかも、なんだかツボにハマったらしい。笑いが込み上げてくる。

「ふっふっふ……ははははっ！　なんだよ、でかいけどみんな意外と可愛いな！　はははっ！」

腹がよじれるほど笑ったらスッキリした。可愛いのはなんと言っても悪意がないからだろう。ダリウスが、あの恥ずかしい武勇伝？　を大げさに言ってくれたんだろうな。

みんなからしたら、俺なんてクマに立ち向かうネズミとか、そんなイメージかもしれない。

「もう怖くないよ、大丈夫。普通にしてくれよ。俺なんて、ただ黒いだけの普通の人間だしさ」

そう言うと、みんな笑顔でワイワイと話し出した。良かった。

でも、こんな風に親しくしてくれると、出て行く時に寂しくなりそうだなぁ。

俺はちょっと切なくなりながらも、今を大事にしようと思うのだった。

「ダリウスって団長だけど、どれくらい強いの？」

「今の騎士団最強はダリウス団長です。だから近衛騎士団長なんです。次が第三師団の団長ですよ。あ、いや……ファルボド様がいるか。二人の本気の試合を見ていないからなぁ」

「ファルボド様？」

「ダリウス団長のお父上で、騎士団の総団長をされています。めちゃくちゃかっこいいですよ」

ダリウスの父親か。相当強そうだな。

「なるほど。あ、魔法って言っていたけど、さっきは魔法使っていなかったね」

「魔法剣を使う時は、結界がある第二闘技場で訓練するんです」

「ヘェ～。模擬戦はどっちでやってくれるんだろう？」

「魔法を見たいと仰っていたので、第二闘技場でやるそうですよ」

と、ラドクルト。それを聞いて更に心が浮き立つ。

「ジュンヤ様は元の世界で何をしておられたんですか？」

色んな人が入れ替わり立ち替わり話しに来る。人を覚えるのは得意だが、多すぎて無理だ。

「ジュンヤで良いって。俺はこの世界で言うと商人かな」

「あ、あの、彼氏はいたんですか？」

「いないよ！　俺の世界には女の人がいたから、女の人が好きだったの！」

「「「女の人⁇」」」

そしてまた説明する俺。

「ということは……」

「何？」

「なんでもないです！」

うん、なんとなく分かったけど突っ込まないことにした。

そういえば、話の流れでエルビスは二十五歳ということが分かった。おおぅ、エルビスまで年下とはショックだ。

ちなみに、エリアス殿下は二十歳、ダリウスは二十三歳、ウォーベルトは十七歳、ラドクルトは十八歳だそうだ。

騎士ズは近い年齢で、ダリウスは完全に上だと思ってた。ごめん、ダリウス。

みんな大人っぽいな。年齢だけなら日本では子供もいるじゃないか。

そんなわけだから、俺は十五歳くらいに見えるそうです。小さいからだよね？　身長だけの問題だよね？

しばらくそうやって雑談をしていると、カーキの制服の騎士が迎えに来てくれた。

「準備ができたそうです。ご案内します」

そして隣の棟へ移動する。端から端まで歩くと、結構距離がある。走っても十分位かかりそう。

なるほど、最後の城壁ってこういうことか。

広いし、騎士棟へ入る入り口は一箇所で、王宮へ続く道は一つしかない。しかも一番端。戦時じゃなくても人がいないなんてはずはなく、ここを抜けるのは至難の業だろう。

しばらくして辿り着いたのは、円形の闘技場だった。ローマのコロッセオに似ている。魔力を込めた魔石を周囲に張り巡らせて、魔導士がいなくても使える仕様になっている。

「ふぁぁ～！　すっげ～！」

この世界に来てから、すごいを連発してる気がするが、見たことがない物ばかりだから仕方ない。

闘技場には、シルバーの甲冑《かっちゅう》を着て、天辺に羽のような物がついている兜《かぶと》を被った騎士達がいた。

ダリウスの他にも三人いて、当然完全武装だ。カッコいい！　映画みたい。

「ジュンヤ様、こちらに」

案内されたのは安全地帯だというボックス席。上から見るよう高い位置に配置されている。

基本結界があるから大丈夫だけど、最も厳重な結界がかかっていて、王族などが利用するそうだ。

本当に俺がここにいて良いのか？　と思いつつも大人しくボックス席に座り、闘技場を眺める。

「ねぇ、ダリウスの剣が大きく見えるんだけど」

「はい。ダリウス団長は魔力が多いので特注なんです。柄頭《つかがしら》のところに魔石が埋め込まれているんですが、それが大きくないと、流れた魔力に耐えられず割れてしまうんです。団長は特別な騎士なんですよ！」

おぉ、ルファは今日めちゃくちゃ話してくれるな！　自慢の団長なんだなぁ。

「始まりますよ！」

ラドクルトが教えてくれた。三対一の勝負だ。

兜《かぶと》の羽に色がついており、ダリウスは赤い羽根で近衛、三人はカーキの羽で第三師団を表している。第三師団は実力主義で、身分は関係なく実力のある者だけが所属しているという。

そんな強者を纏《まと》めて三人か。ダリウスは相当強いんだな。

「始め！」

号令と共に、ジャキッと剣を抜く音がする。ダリウスはまだ片手で剣を持って立っている。

彼の周りを三人が囲み、ジリジリと隙を窺《うかが》っている。

その時、一人の剣の輪郭がぼやけ始めた。その騎士が、ダリウスの右から横に薙《な》ぐように剣を振るうと、ヒュウッと風を切る音と土埃が上がる。瞬《また》く間に竜巻が出来上がり、ダリウスを囲った。

視野を狭められた状態で、今度は別の騎士が、左から氷のように光る剣を振るった。

それと同時に、小さな氷の針が、数え切れないほどダリウスを襲う。

もう一人の騎士が、ダリウスの背後から、氷の針に纏《まと》わせるように雷魔法を放った。針に少しでも触れれば感電してしまうだろう。砂煙と共にそれらが一斉に襲いかかった。

「危ない！」

思わず叫んだ時、ダリウスの剣は真っ赤に燃え上がり、轟々と炎が渦を巻いた。そして、飛んでくる針を下から上へ切り上げた。

ゴウッと音がして、氷が一瞬で蒸発し霧状になる。すると、闘技場はあっという間に濃い霧に包まれた。

騎士達もまだ本気を出していないらしく、風魔法を使う騎士が、体に風を纏《まと》い加速しながら移動する。まるで宙を滑っているみたいだ。後ろに砂煙が立つから、スノーボードのように風の塊《かたまり》に乗っているんだろうか。だって足が動いていない。

そして、霧に向かい雷を放つ騎士。バチバチと音がして光球がいくつも宙に浮かび、ダリウスを完全に包囲した。彼の動きを封じるように光球が飛び交う。

その合間に風の騎士が襲いかかり、鋭く剣を打ちつけた。しかし、ダリウスのパワーに押され後ろに押し返されている。

氷魔法の騎士は、打ち合う二人の間に入り切りかかる。風の騎士が素早く後ろに飛び退き、距離を取った瞬間、氷がダリウスの右腕にまとわりつき剣もろとも凍りついた。

流石《さすが》に危ないんじゃないか？

俺はハラハラしながら拳を握りしめる。——なのに、ダリウスは笑っていた。それはもう楽しそうに。

次の瞬間、凍りついた右腕が炎に包まれていた。湯気がもうもうと立ち昇り、右腕を包んだ氷は溶け水蒸気になった。

そしてダリウスが剣を天に向けて突き上げると、剣が光る。光に遅れて、耳をつんざく凄《すさ》まじい音と地響きが鳴り響いた。

衝撃音と同時に、天からいくつもの雷光が落ち三人の騎士に迫る。雷の棘《とげ》が長く伸び、避けようにもその動きは不規則で敏速だ。

ダリウス本人は結界を張っているのか、その周囲だけぽっかりと穴が空いたように電撃は走っていない。

雷魔法の騎士が相殺していたが、全てを消すことはできない。電撃の波を避け続けていた三人だが、隙間が徐々に狭まり逃げ場がなくなる。

そしてついに雷光が三人を捉えた。騎士達はビクビクッと震えながら、地面にくずおれる。

俺はといえばガタガタ震えていた。

とんでもないものを見てしまった。それに、あの三人は無事なのか!? 感電したよね、完全に！

「あ、ああ……」

何も言えず、そんな声しか出なかった。

「ジュンヤ様！　しっかり！」

エルビスが俺の肩を掴んで声をかけてくれて、やっと動くことができた。

「エルビス……こ、怖かった……！」

俺は思わずエルビスの腕にすがりついた。かっこ悪いけど涙目です。そんな俺を見た護衛達は怒り心頭な様子でダリウスに抗議する。

「団長、やりすぎです！　怖がらせてどうするんですかっ。泣いてますよ！」

いや、泣きそうなだけで泣いてないよ！　我慢したよ、泣いたって言わないで！

甲冑《かっちゅう》を鳴らしながら駆け寄ってきたダリウスだけど、ごめん。ビビってます。

「おう、悪かったな。今日はいつもよりパワーが出ちまってなぁ。泣かせる気はなかったんだが」

「な、泣いてませんよ。ちょっと、怖かっただけ……」

俺は小声で正直な感想を言う。

「今日はあいつらもいつもより魔力がアップしてて、なかなか良い攻撃だったなぁ」

笑ってるけど、あれ笑って良い範疇《はんちゅう》なのか？

「彼らは大丈夫か⁉　甲冑《かっちゅう》って金属だろ？　感電してたよな」

「甲冑《かっちゅう》にも魔石を組んでいてな。魔法を無効化か軽減できるし、簡単に死にはしない。ちょいと痺《しび》れただけだ。俺も手加減していたしな」

手加減してあれか。ダリウス恐るべし。

「俺のせいだから、お見舞いに行っても良い？」

「治療班に聞いてくれ。ま、ほっといても平気だぞ？　寝てれば復活する。これくらいいつものことだ」

あれがいつもなんて、なんという恐ろしいところだ、騎士団。

その後、お見舞いの許可が出て医務室へ行くと、ベッドに横になっている三人がいた。俺を見て慌てて起き上がるので、そのままで良いと伝える。

「あの、大丈夫ですか？　俺が見たいって言ったせいで、あんなことになってすみません」

「「「大丈夫です！　お見舞いに来ていただくなんて、光栄です！」」」

「あ、あの、俺は神子《みこ》様じゃないですよ？　そんなに改まらなくても良いです」

「黒髪を近くで拝見できただけでも光栄なんです！　それに、これくらい平気です！　むしろ団長は手加減してました。いつもよりすごい雷撃でしたが、当たる直前に消してくれたんです。ですから、直撃してませんよ」

そうなんだ。本当にあれで手加減してたんだ。しかも、もう起きてるし！

三人の攻撃もすごかったので褒めまくってしまった。その後一人一人と握手をして医務室を出た。

それから、自室に戻るようエルビスに言われ、ダリウスに挨拶をしてから離宮へと戻ったのだった。

◇

先日の模擬戦から数日後。最近は騎士棟へも割と自由に行けるようになり、だんだんやれることが増えてきた。目指せ、城外！

俺のルーティンは、日本で言うと月、金は昼を挟んでバレット様の授業。空いている日は自習をしたり、騎士棟に行ったりする。

そして毎日、歩夢君用の夕食を作っている。俺はお母さんか？

流石《さすが》に三食はキツいので夕食だけにしてもらった。作るのは二人分だ。

もうミハナさんは完璧だし良いのでは？　と聞いてもらったがダメだった。王宮からの要請なので黙々と作っている。

でも、いい加減城下町へ行きたい。

ダリウスめ、全然許可取れないじゃんか。あんなに自信満々だったのに。

もっと早く出られると思っていたが、見通しが甘かったようだ。

実は先日、商人に離宮へ来てもらい、時計や仕事に使っていたファイルなどを少し買い取ってもらった。使いかけのボールペンが大ウケで、消せるボールペンに至っては魔道具として買い取っていった。

俺は魔道具なんかじゃないと言ったが、全然通じませんでした。

だが、中古でもかなり高額で買い取ってくれた。新品はもっと高値だった。紛失対策にたくさん持ってて良かったな。

俺がいずれ商売をしたいと話したところ、城下町へ来ることがあったら寄ってくれと店の場所を教えてくれた。

まぁ、話はずれたけど、俺は無一文から脱出しております！　拍手！

外で自分のお金で買い物がしたい。ここの人達、お金を受け取ってくれないから肩身が狭いんだよ。

そんな時、エリアス殿下の呼び出しで王宮へ行くことになった。

正直に言って良いですか？　行きたくないです。

離宮で頻繁《ひんぱん》に関わる人達とは打ち解けたけど、使用人さん達はだめ。

自分は透明人間ですよ、という感じで働いていて、会話はしない。その代わり嫌味はなくなった。陰で何を言われているかは知らないけど。

でも、王宮では確実に酷い目に遭うだろう。自信がある。だって殿下がお茶しに来た時に、可能な限り来ないほうが良いし、自分がこっちに来るって言ってたから。

ただ、そんな殿下の呼び出しだ。相当な事情があるんだろう。そもそも、王族の呼び出しを拒否なんてできる訳ないよな。気合を入れて精神的に武装していくしかない。

というわけで今、王宮の侍従さんに先導されて歩いているが、刺さるような視線があちこちから飛んでくる。ここには初日以外来ていないのに、なぜここまで悪意を向けられるのか。

お供はエルビスとヴァイン。護衛はウォーベルトとルファだ。

緊張しながら案内された部屋へ着く。扉の両脇に護衛騎士が立っている。……嫌な予感がするんだけど。

王宮の侍従が声をかけ、王宮騎士が扉を開ける。緊張しながら入室した先にいたのは、この国の最高権力者——陛下だった。

嫌な予感的中だ。粛々《しゅくしゅく》と指示された位置に立つ。事前に教えられたように、片膝をついて右手を胸に当て、俯《うつむ》いたまま挨拶をする。

「ジュンヤ・ミナトでございます。本日は陛下の御尊顔を拝したてまつり、恐悦至極にございます」

「ふん、挨拶程度はできるか。面をあげよ」

言われるまま顔を上げると、陛下は目を眇《すが》めた。

「立って顔を見せよ」

俺は立ち上がり、目を合わせないよう気をつけて陛下の正面に立った。目を合わせるのは無作法だと言われていたからだ。

陛下はエリアス殿下がそのまま年を取ったような、美しい中年男性だ。金髪は陛下のほうが濃いけど。それより、俺を呼んだのは殿下じゃなかったのか？　なぜ陛下が？

「そなたを呼んだのは私だ。貴様が騎士や侍従達を惑わしていると聞いたものでな」

「……」

違うと言いたいが、許可なく発言できないし、下手なことを言っては危険な気がして黙っていた。

その時、扉を荒々しく開ける音がして誰かが入ってきた。

「父上、どういうことです！　私の名を使ってジュンヤを呼び出したそうではありませんか！」

「エリアス、王族ともあろう者が感情的になるものではない。お前の名のほうがこの者の本音が分かると思ったまでだ。私が呼び出したと分かれば口上を用意してきたであろうからな」

——確かにそうしてたと思う。俺は真一文字に口を結んだ。

「あの日そなたを見たのは僅《わず》かな時間であったが、改めて見ればやはり妖しげな美貌だ。それを利用して神子《みこ》を害すよう仕向けているそうだな。これまでエリアスに任せていたが、こちらか神殿で管理したほうが良いかもしれぬ」

　何それ。管理ってなんだよ。俺が何をしたっていうんだ。

「直言をお許しいただけますか？」

　怒りはあるが、声を荒らげてもなんの解決にもならない。だがこれだけは黙っていられない。してもいない罪で罰されるなんて冗談じゃない！

　俺は怒りを押し殺し、静かに許しを請うた。

「許す」

「神子《みこ》を害する気などありません。調べてくだされればお分かりいただけるかと」

「すでにお前の罪はいくつかある。一つは神子《みこ》に食事を作るのを嫌がっているそうではないか。見知らぬ世界からやってきた純真な少年が望んでいるのに、料理一つなど然程の苦労もなかろう」

　俺も見知らぬ世界から来たって忘れてます？　あと、ご飯を毎日作るって大変よ？　料理人さんって偉いんだぜ。

「私は決して拒絶している訳ではありません。王宮の料理人は、既にレシピを熟知し完璧に再現してくれています。その彼らの努力に水を差すと懸念してのことでございます」

「口は上手いようだな。それだけではない。神子《みこ》が望んでいる侍従を渡さぬそうではないか。神子《みこ》は我が国にとって重要な使命を背負ったお方だ。心を慰めるためにも全て神子《みこ》に差し出すが良い」

　陛下の言葉に、俺は毅然《きぜん》とした態度で返す。

「私はいずれ城を出る身。そう長く滞在するつもりはございません。陛下の御温情にて、今しばらく彼をお貸しいただけないでしょうか」

「ならば早々に出て行くが良い」

「もちろん、ご迷惑がかからぬようすぐにでも出て行くつもりでございます。しかし、未だ私は離宮と騎士棟しか知らぬ身。一刻も早く城を離れられるよう、どうか私が城下で学ぶ時間をいただきたく存じます」

冷や汗が流れるが、このまま放り出されてたまるか。元はと言えばそっちが勝手に召喚したんだ、責任は取ってもらおう。

陛下は顎《あご》を撫でながら思案している様子だったが、やがて口を開いた。

「良いだろう。神子《みこ》への忠節を尽くすならば、城下に出ることを許す。食事は欠かさず届けよ。ただし、外で何があっても私は庇護《ひご》しないと心得ろ。漆黒は神子《みこ》一人で良い。身の程をわきまえて行動し、問題を起こせば二度と陽の目を見られぬと思え」

「陛下の御温情に感謝し、御名を汚さぬようにいたします」

俺はもう一度跪《ひざまず》き、感謝を表す礼をした。

「話は終わりだ。エリアス、今後もコレのことはお前に任せる。問題があればコレを欲している者達に下賜《かし》する」

「陛下の信頼に応えるべく研鑽《けんさん》いたします」

俺はじっと下を向いて答えた。陛下は鼻で笑うと、さっとマントを翻《ひるがえ》し去って行った。

――なんとか乗り切ったのか？

ひとまず陛下と側近がいなくなり、心の中でため息をつく。部屋に戻るまで気を抜かないようにしないと。

「ジュンヤ、私の執務室へ来てほしい」

エリアス殿下の言葉に従い、俺達は殿下の執務室へ向かった。殿下の補佐達に退室してもらい、俺の護衛騎士は扉の外で控え、殿下、俺、エルビス、ヴァインだけが入った。

ヴァインがお茶を用意してくれて、席に着くとようやく一息ついた。

俺、結構殿下を信用しているんだよな。無表情なのに、たまーに優しく笑うのが可愛い。弟みたいな感じだ。

「ジュンヤ、驚かせて悪かったな」

「いいえ。驚きはしましたが、外出許可をもぎ取れましたし、成果もありました」

「なかなかの手腕だったな、感心したぞ」

珍しくニヤリと笑うエリアス殿下。悪い男の顔、カッコイイですね！

「とんでもありません。少々ゴネてみただけです」

俺は肩をすくめた。うん、言い方を丁寧にしただけ。コレ扱いもカチンときたし。

「それにしても、話が少々おかしな方向に向かっているのが気になる」

「殿下、話に割り込む無礼をお許しいただけますか？」

俺の隣に控えていたエルビスが、静かに声をあげた。何か知っているのかな？

「うむ、心当たりがあるのか？」

「心当たりと申しますか、まず、料理の件です。王宮の料理長ミハナはマメに離宮へ来て勉強し、私達が食べても違いが分からないほど習得しております。しかし、神子《みこ》には確実に違うと分かるようです。それと理由は分かりませんが、私に神子《みこ》の侍従になるよう度々要請があります。私は殿下の命令しか聞けないと断っておりますが」

だから俺の手作り希望だったのか？　ミハナさんはレシピを完璧にマスターしているから、違いは感じないはずなのにおかしいな。

それに、エルビスのことは頼まれていたけど、彼を傷つけてまで送り出す気にはなれない。俺が歩夢君のほうへ行ったら、と話した時、ショックを受けた顔をしてたもんな。

「ああ、私も一度その場にいた。どうしても私と食べたいとせがまれてな。私には味の違いは分からなかったが、一口食べて怒り出した。その後、ミハナ達に詰め寄って泣き真似をしていた」

「泣き真似って、殿下……」

俺がびっくりしていると、殿下はフンと鼻で笑った。

「貴族の仕事は腹芸だ。あの程度の小芝居は見慣れている。とはいえ、父上や側近連中は完全に騙《だま》されているようだ。恋は盲目というやつか。魔導士も神官もどうにもならん。私の仕事ばかり増えていく。たまにそなたのところで茶でも飲まんと、気を抜く暇もない」

疲れた様子でため息を吐いた。お気持ちお察しします。

エリアス殿下は第一王子で、大事にされていて苦労なんかないと思っていた。でも、国を背負うなんて大変だよな。学ぶこともその責任も、一般人の許容範囲を軽く超えるはずだ。

「私のところで良ければ気晴らしに来てください。離宮にいる間、ですが」

「先程も言っていたが、気は変わらないのだな」

「はい、やっと自由に外出できそうですし、これからはガンガン城下町で調査します！」

「なるほど。確かに調査は大切だな」

殿下は思案げに頷くと、目元に悪戯《いたずら》っぽい笑みを浮かべた。

「私も王になるかどうか……ジュンヤのように見聞を広めるのも良いな」

「えっ⁉　次の国王は殿下で決まりなのでしょう？」

「第二王子を推す者もいる。弟は十五歳で、十六歳になる来年には婚約し、早々に婚儀を挙げる予定だ」

「十六歳で結婚ですか⁉」

「我が国の成人は十五歳だと教えただろう？　市民はともかく、貴族は十八歳までには結婚する」

「では、殿下もご結婚なさっているのですか？」

「私はしていないし、するつもりもない。子も残さぬつもりだし、愛人を作る気もないな。それ故に弟を推す者も多くいるし、私もそのほうが良いのではと思っている」

あ、また子供問題か。いやいや、そこは聞かない、突っ込まないと決めているのだ！

「殿下なら立派な国王になると思うのですが」

俺みたいな奴にもまともに接してくれるし、誠実な人だと思う。でも、国を背負うからには騙《だま》し合いや、人を切り捨てる非情さが必要なのかもしれない。

「そうだと良いのだが……」

しかし、殿下は小さく俯《うつむ》いた。少し寂しそうに見える。

何がそんな顔をさせるんだろう。基本表情筋を動かさないが、心の中は熱い人だと思う。

「殿下のような方なら国民も安心できると思いますよ」

それは心からの言葉だった。

殿下が時折見せる笑顔はいつも優しい。彼の気遣いにとても助けられたし、勇気をもらえた。だから自信を持って欲しかった。どんな気苦労があるのか分からないが、無表情は盾なのかもしれない。俺が少しは力になれるだろうか……

「そうか。ジュンヤがそう言ってくれると心強いな」

俺の言葉を聞いて、殿下ははにかんだ。俺はホッと肩の力を抜いて、微笑み返す。

「今度離宮へ来る時は早めに教えてください。何か作ってお待ちしていますから。俺、騎士棟でも料理をするので、そちらでも……ああ、彼らが緊張しちゃうかな？」

「ジュンヤ、そのほうが好ましいな」

「はい？」

急に何を言い出すのかと、俺は目を瞬《しばた》いた。

「普段は俺と言うのだな。話し方も、エルビス達に対するのと同じように話してくれると嬉しい」

しまった！　そう思った時には時既に遅しだった。うっかり言葉遣いを崩してしまった。

「しかし、不敬罪に問われるのでは？」

「私自ら許可したと周知させれば問題ない」

殿下はこちらに身を乗り出し、縋《すが》るような眼差しを向けてくる。

うっ、そんな目で見つめないでくれっ！　近いって。ちょっとドキドキしちゃうじゃないかっ！

「わ、分かりました！　分かりましたから！　そんなに近づかないでください！」

「なぜだ」

不服そうにボソッと呟く殿下。

「綺麗すぎて目が潰れそうです……」

「そうか。嫌ではないのだな？」

ヤバッ！　つい本音が。俯《うつむ》いてアワアワしていたら、笑い声がして顔を上げる。殿下がすっごく優しくて可愛い笑顔で俺を見ていた。

やばい、これはヤバイです！　モテオーラが!!

急激に顔に熱が集まってしまう。だが、俺は女の子が好きです！　と、内心で復活の呪文を唱え、気持ちを整える。……ふぅ、落ち着いたぜ。気の迷いって怖いな。

そのまま下を向いていたら、顎《あご》をひょいと摘《つま》まれた。

「顔を隠すな」

ち、近い！　無理無理！　何、この人！　俺、今、顔赤くない？

俺の気持ちを知ってか知らずか殿下は穏やかな笑顔のままだ。

「ジュンヤとの食事を楽しみに、職務を頑張るとしよう」

そう言って、ようやく顎《あご》を放してくれた。バレないように冷静を装ってるけど、心臓がばくばくと煩《うるさ》い。

「食事の件で思いついたことがある。神子《みこ》は日によって食事相手を変えているのだが、私は比較的同席することが多いほうだと思う。味の違いは感じないが、ジュンヤの料理であろう物を食べた次の日は疲労がとれ、非常に力が漲《みなぎ》る感じがする。王宮料理人の時はそういったことはない。それが神子《みこ》には、食べた瞬間に分かるのではないか？　陛下にジュンヤには伝えるなと言われているが、ジュンヤの魔力は膨大だとか。恐らく、料理に治癒の力があるのだろう」

殿下は更に続けた。

「陛下は、そんな話をすればジュンヤが調子に乗り、神子《みこ》の名を乗っ取ると思っている。バカバカしい話だ。そんな男ではない、私が保証すると言えば、ジュンヤにたらし込まれているのだと詰《なじ》られる。騎士達も擁護《ようご》したが、それすらも体で籠絡《ろうらく》しているのではと言う始末だ。嘆《なげ》かわしい」

「か、体でっ？　えっ⁉」

「そこで、確認したい。神子《みこ》にそなたはオンナが好きで、男は好きではないと聞いた」

「もちろんですよ！　俺は異性愛者です！」

「つまり、だ。……処女で間違いないな？」

ボンッ！　と顔が真っ赤になったのが分かる。しょ、処女って当たり前じゃん！

「ど、童貞じゃありませんけどね！」

はい、ここ大事！　俺は妖精にはなりませんよ！

「……抱くほうだったのか。抱かれるほうにしか見えないが」

やめて、俺のライフはゼロです‼　その感想いらないから！

「そうか。だが、これで私の仮説が成り立つ」

「仮説？」

目を瞬《しばた》かせていると、殿下は鷹揚《おうよう》に頷いた。

「そうだ。本当の神子《みこ》はジュンヤかもしれない、という可能性だ」

……いや、ないでしょ。返事もできません。思わず真顔になって殿下を見つめてしまった。

「いやいやいや。ありえないですよ‼　それより、処女と神子《みこ》になんの関係があるんですか？」

「大ありだ。神子《みこ》とは処女でなくてはならぬのだ」

「それこそ歩夢君で間違いないでしょう！」

ああ、言葉がだんだん崩れていくが止められない。だが、殿下は気にしてないようで助かる。

「神子《みこ》は処女ではないと思う。理由はちゃんとあるぞ」

「教えてください」

「まず、召喚されてきたが、浄化の力も癒《いや》しの力も発動しなかった。順調に訓練ができるようになったのは、ジュンヤの料理が届けられるようになってからだ。私の推測では、料理に込められた魔力がアユムの中に蓄積して浄化ができるようになったのではないか、と思っている。それと、王宮の者達と交流を試みているようでな。私も誘われたが断っている。陛下は……分からぬな。処女でなければならぬとご存じだから、流石《さすが》に手は出していないだろうが」

この人、とうとう神子《みこ》って言うのをやめちゃったよ。あのね、俺は神子《みこ》じゃないからね。

……ん？　交流って？

「交流とはどういう意味ですか？」

質問したが、被せるようにエルビスが話し出した。普段は遮ったりしないのにどうしたんだ？

「なるほど。殿下、確かにそうかもしれません。実は、私共は毎日ジュンヤ様の手料理をいただいているのですが、私の魔力はほとんど減らず常に安定しております。ノーマとヴァインの魔力も、少しずつですが以前より増しているのです。更に、先日の騎士棟での模擬戦で、ダリウス様や、食事をいただいた他の騎士も魔力がアップした、と仰ってました」

「待って、待って！　エルビス！　歩夢君はまだ十八歳だよ！　童貞はともかく、処女は守られてるんじゃないかな？」

「ジュンヤ様、成人は十五歳と申しあげましたよね？　この世界ではその前後には初体験は済んでおります。貴族の子息になれば、その前から閨《ねや》教育も定期的にございますしね。更に言いますと、輿入れ側は処女を求められることが多いので、最初からそちら側の教育を施されます。経験はなくとも手順は熟知しているのです」

「あの子はこっちの世界の子じゃないんだよ？　一緒にしない！」

「ジュンヤ様の世界ではこういった指南はされないのですか？」

「知識はあるよ。男同士のカップルもいるから。でも本当にちょっとだけだよ、知らないよ！　もうこの話はなし！」

無理やり話を終わらせようとしたが、殿下はそれを許してくれない。

「そうはいかん。諦めろ。もし、アユムが神子《みこ》ではないと確定した時、ジュンヤが純潔を散らされていたら大ごとだ。警護は厳重にしなくては」

「散らさせませんから！　安全だからご心配なく！」

俺の尻は大丈夫です!!

「ダリウスを常につけたいところだが、アユムについているから難しいな。ダリウスからも言われているが、外出時だけでもジュンヤと共にいられるよう調整しよう」

「ダリウス、普段は歩夢君のところにいるんですね」

「アユムの希望だ。魔導士のアリアーシュとダリウス、近衛からシファナという騎士も常時ついている。なぜか名指しだった。初めて会うはずなのに、配属先などに妙に詳しい」

――彼はゲームをプレイしていたからな。忘れていたけど、みんなゲームの住人なんだよ。そして攻略される人達。でも、ゲームと同じじゃないのかも。だって、エルビスは本来歩夢君の傍にいるはずだったんだから。

それに俺は本当に神子《みこ》じゃないし。殿下がやたら神子《みこ》認定しようとしてくるのは困る。だって神子《みこ》とカップルになったりするんだろう？　確かに殿下もダリウスもエルビスもこの世のものとも思えないくらいに綺麗だし、この世界は美形ばかりだけど、俺には関係ない。男と結ばれるなんて絶対にありえない！　さっきドキドキしたのも気のせいだ。

「何か知って――」

「知りません」

……食い気味に否定してしまった。まずかったかな。でも追及は止めてくれた。殿下の引き際が良くて助かる。

「ジュンヤは無防備すぎるので、今後は身辺に注意してくれ。エルビス、護衛騎士と密に連携するように」

「承りました」

「ところで、殿下。陛下の言っていた俺を管理って、どういう意味なんですか？」

「知らなくて良い」

「そうはいきません。自分のことです」

エリアス殿下は大きなため息をついた。珍しいな。やっぱり良くない話だよな。

殿下は、柳眉《りゅうび》を曇らせながら話し出した。

「推測だが、神殿ならば神官の慰み者、貴族なら愛人にして監禁される可能性が高いだろう。もしくはジュンヤの少年体型を好む小児性愛の変態へ渡すかもしれない。ジュンヤが同意してなくても、脅す方法はいくらでもあるからな。どちらにせよ、監禁されるのは確実。全く胸糞悪い話だ」

つまり愛人というより、ペット？　というか奴隷？　にされる……？

全身からすっと血の気が引いて、俯《うつむ》いた。しかし、俺の不安を拭い去るように、殿下が力強くこちらを見つめる。

「もちろん、そんなことはさせない。城下で暮らすほうが安全なら、王宮を出られるように尽力する。髪色を変える方法も必要なら手配するが、そのままの姿で安全に暮らす手伝いをしたい」

殿下、カッコいい。俺より年下なのにしっかりしてる。

俺も今後は自分でも身を守って、問題を起こして隙を与えないように気をつけよう。

そういえば、この間、謎の神官に襲われたことを言いそびれてた。

でもなんだか今更言えないな……ひとまず今日はいいか。

◇

陛下との謁見《えっけん》から三日後。ダリウスの都合がつき、ようやく城下町へ行くことになった。

ちなみに今日の服装は貴族の子息風だ。

庶民と同じにしたいと言ったら「護衛つきの庶民なんかいねぇよ」と、ダリウスに却下された。

仕方なく、白いシャツ、濃紺のベストとパンツという上品な服装だ。その上に、ベストと同じ生地で作られたフード付きマントを被る。これで髪を隠すのだ。

更に、魔石が埋め込まれたブローチやブレスレットなどを複数つけられた。

とはいえ庶民的な服装がどんなものか分からないのも事実。今日、城下に行けば分かるだろう。

自分のお金で庶民の服を買って帰ろうと思う。

ダリウスとは騎士棟で待ち合わせだ。馬車で送ってもらうと、既に待っていてくれた。他にはウォーベルト、ラドクルトがいた。

今日はみんな騎士服じゃなく、シャツと革鎧《かわよろい》で落ち着いた感じだ。帯剣はしているが。

それと、知らない騎士が他に三人もいた。全員近衛騎士だそうだ。俺一人に多すぎないか？

今日一緒にいてくれる侍従はノーマだ。エルビスはダリウスの代わりに歩夢君に呼ばれた。渋々向かってましたよ。

「こんにちは、今日はよろしく」

「おう。まずは今日の約束ごとを歩きながら話すから、しっかり聞いてくれよ」

城の出入り口に向かう道すがら、ダリウスが俺に真剣な顔で話しかける。

彼に言われたのはこうだ。

一、ダリウスから絶対に離れない。
二、フードは取らない。
三、話しかけられても、護衛が確認するまで声を出さない。
四、緊急時はダリウスに全面的に従う。

特に四。たとえ誰かが助けを求めていてもダリウスと逃げること、と何度も言い含められた。

「暴れたら、最悪殴ってでも連れて逃げるからな。大人しくしといたほうが良いぞ」

「分かった……」

ダリウスの迫力に俺はこくこくと何度も頷いた。怖い。

そうこうするうちに、城門が見えてきた。ダリウスが門兵と一言二言話すと、ギイィ……と音を立てて大きな城門が開いた。

そしてまた馬車に乗せられ、ギリギリまでフードをグッと下げられた。窓から見えるのを心配しているらしい。うぅ、見にくい……

上を見る時は、フードを手で押さえて脱げないように気をつけよう。

「おぉ、石造りの街並み！　まるで映画みたいだ。でも、庭が広くて家が見えないな」

馬車で走ること数分、眼前には石とレンガの街並みが広がっていた。

まだこの辺りは貴族の邸宅ゾーンだとか。確かに庭が広い。門から家まで歩いたら何分もかかってしまいそう。

ちなみに貴族は歩かないそうだ。どんな短距離でも馬車移動とのこと。

しばらくすると、目の前の景色が大きな邸宅から徐々に小さめの邸宅へ移り変わっていく。やがて大きな門の前に辿り着き、そこで馬車を降りた。ここからは市民ゾーンらしい。

「いきなりすごい活気だ！　あ、あれなんの店？」

心が浮き立つまま走ろうとして、左腕をダリウスに掴まれる。

「一人で行くなと言っただろう」

「うっ、ごめん。なぁ、あの店を見ても良いかな？」

指差した先には、布や宝石らしき物が奥に並べられている。

「宝飾品が好きなのか？」

「俺、元の世界で商人だったんだ。だから気になる」

「分かった。ここは知り合いの店だから大丈夫だ」

「え、そうなんだ」

ドアが開くと、カランとベルが鳴った。中にいた年配の白髪交じりの男性が、作業の手を止め声をかけてくれる。

「いらっしゃいませ。おや、坊ちゃん」

「……坊ちゃん？」

「グレン、それは止せ……！」

見ると、ダリウスが慌てた様子で男性を制している。

坊ちゃんってダリウスのことか！　こんなでっかくても坊ちゃん……可愛いじゃないか。そもそも年下だしな！　気恥ずかしそうにしてるのが更に可愛いぞ、坊ちゃん！

「坊ちゃんは、この店の常連な感じ？」

「っ、ジュンヤ！」

ニヤニヤしながらからかうと、ダリウスはちょっと頬を染めていた。こちらを恨めしげに見下ろしている。

店内についてきた二名の騎士も笑いを噛み殺している。

そういえば、この男性の声は聞き覚えがある声の気がする。フードのせいでよく見えないな。

「ホッホ。坊ちゃん、誰かと訪《おとな》うなどは珍しいですな。恋人ですかな？」

「からかうな。店内が見たいというから連れてきた。グレン、先に言っておくが驚くなよ。噂の男だ。ジュンヤ、ここではフードを取っても大丈夫だ」

そう言って、ダリウスがフードを取ってくれた。

「これはこれは！　ジュンヤ様に再びの拝謁《はいえつ》が叶い光栄でございます」

「もう会っていたのか？」

男性の言葉に、ダリウスは目を丸くする。

俺の予想は的中した。なんと男性は、服を仕立てるために離宮に来てくれたおじいさんだったのだ。どうやらダリウスは知らなかったようだが。

「グレンさん、先日はありがとうございました。でも、俺は一般人ですから普通にお願いします。早速ですが、店内を見せていただけますか？」

「どうぞ、ゆっくりご覧ください」

俺は胸を弾ませながら、仕立て前の生地などを見せてもらった。

貴族の服はシルクが多いようだ。だが、暑い国なので部屋着にはリネンも使用する。ただし、貴族のリネンは極上の糸だ。

「グレンさん、もしよかったら糸や生地の工房を見せていただけますか？」

「今日は無理ですな。工房のある街へは馬で二日ほどかかるのです」

そうか、残念だ。でも、いずれ行きたいな。

ふと店内を見回すと、奥にある工房でお針子さん達がせっせと刺繍《ししゅう》や手縫いをしている。お針子さんが手にしている黒い布に目が留まった。珍しい。しかもシルクだ。

「やはり気になりますかな？」

「ええ。刺繍《ししゅう》糸で黒い物は見ましたが、布は見なかったので」

「黒は祝いの色です。婚儀にも使われるのですよ」

「えっ、そうなんですか！」

黒って喪《も》に服す時のイメージだけど、婚儀に使われるのか。想像するとちょっと怖いな。

「神子《みこ》の祝福の色でございますから。庶民は全身黒を纏《まと》うのは無理なので、一部に取り入れるんですよ」

「なるほど」

「そうだ。ジュンヤ様、こちらを当ててみてくださいませんか？」

グレンさんは黒い生地を俺の肩に掛けて、鏡を前に置いた。生地は俺の髪より明るく、漆黒というより、墨黒《すみぐろ》くらいだ。完全な黒に染めるのは難しいらしい。

「やはり、真の漆黒には負けてしまいますね。更に工夫しなくては」

「これでも充分に思えますが」

「職人とは貪欲なのでございますよ。機会があればうちの職人達に、ジュンヤ様の漆黒の御髪《おぐし》を見せてやりたいくらいです」

「俺が城下で暮らすようになったら、是非紹介してくださいね」

「市井《しせい》に下るおつもりなのですか？」

グレンさんが首を傾げる。なんでみんなそんな顔をするんだろう。

「いずれは」

「ジュンヤ」

俺の言葉に被せるようにダリウスが口を開いた。これ以上はダメってことか。

「まぁ、いつか出るつもりです」

俺は曖昧《あいまい》に微笑んで、無理やりこの話題を終わらせる。グレンさんは不思議そうな表情だったけれど、それ以上突っ込んでくるような真似はしなかった。

その後も色々と見せてもらい、満足してグレンさんの店を出た。商品を見て販売員の血が騒ぐ。お客様の笑顔を見るのが喜びだ。最終目標は商人になろうと決意した瞬間だった。

しばらく歩くと、露店が立ち並ぶ区画になり、親近感のある雰囲気になってきた。屋台で肉の串焼きを購入し、食べてみる。塩とスパイスが絶妙な味つけだ。コレなら美味しいぞ。

「ダリウス、これ美味い！　スパイスはどこで売ってるのかなぁ」

「お、坊や気に入ったかい？　スパイスショップはこの先さ。配合は教えてやれないけどな！」

「坊や……？　俺……？」

屋台の店主の言葉に俺は愕然《がくぜん》とした。さっきのダリウスの坊ちゃんと何が違うのか。

「坊や、スパイスショップに行ってみるか？」

わざとフードの中の顔を覗き込みながら言うダリウスの顔は悪い笑顔だった。

仕返しか！　ぐぬぬ。

「行く……」

コレは引き分けだ！　負けてないからな！

ダリウスに案内されてスパイスショップに向かう。

なんとなく既視感のある物から、目新しい物まで、店には数多くのスパイスが売られていた。

すっかり夢中になった俺は、ついつい財布の紐を緩めて、気になった物からどんどん購入してしまう。

おかげで店を出る時には両手に余るほどの荷物で溢れていたが、乾物なのでそこまで重くない。

そのため自分で持とうとしたのに、ノーマが袋を俺の手から掻《か》っ攫《さら》ってしまった。俺、ちゃんとバッグを持ってきてるのになぁ。

その後、見物をしながらノルヴァン商会に向かう。

ノルヴァン商会は、以前俺の荷物を買い取ってもらった商人、ノルヴァンさんが経営している。

ダリウスによると、城下一大きな商会だとか。言われてみれば王宮に出入りするのだから大商人なのは当然だ。

ノルヴァン商会は入り口にガラスをはめ込んだディスプレイスペースがあり、人目を引くが、ちょっと惜しい。商品をただ並べているだけだったからだ。

「こんにちは。ノルヴァンさんはいらっしゃいますか？」

入り口の店員さんに声をかけると、不審者を見るような目で見られた。確かにフードで隠してたら、怪しいですね。

「あの、ペンを買い取ってもらった者ですが……」

「ああ！　あの魔法のペンですね！　主人を呼んで参りますので、少しお待ちください」

店員さんは突然すごいスピードで裏へ駆け込んだ。ほどなくして、ノルヴァンさんがにこやかに現れる。

「ジュンヤ様、わざわざお越しいただきありがとうございます。こちらのお部屋へどうぞ」

そう言って、奥の応接室へと案内する。応接室にはダリウスがついてきて、その他は店の中と外でそれぞれ待機している。

「護衛がダリウス様とは、さすがジュンヤ様だ」

「分不相応とは思うのですが、ありがたいです」

「ジュンヤ、魔法のペンとはなんだ？」

俺とノルヴァンさんが話していると、横からダリウスが尋ねてきた。

あ、ダリウスには見せてないか。

俺はバッグからペンを取り出して、手帳に書いて消してみせる。その様子を見て、ダリウスは目を見開いていた。

「今日は、買い物がしたくて来たんです。庶民の標準的な服を何着か欲しいのですが」

「どなた用ですかな？」

「俺です」

「えっ！　ジュンヤ様がそんな物を着てはいけません！」

またこの会話か……そして神子《みこ》ではない、のくだりを繰り返すのだった。

ついでに、俺は既製品なら子供服だと言われました。泣いても良いですか？

その後、店内を見せてもらうことになった。店の奥には、美しい織りの生地が山積みで売られていた。薄いブルーが涼やかだ。

「これ、価格の割に良い品質ですね」

「分かっていただけますか！　そうなんです！　美しい織りなのですが、なぜか売れないのですよ。値下げをしましたが、なかなか……」

そりゃー、そんな隅に畳んで置いてたら気がつかないよ。

「少し試してみたいことがあるのですが、やっても良いですか？　それから、今一番売りたい商品はどれですか？　早く在庫処分したい物とか」

「そちらの布と、こちらの筆記具セットですね。後は、この髪飾りです」

「ディスプレイを触ってもよろしいですか？」

「はい、もちろんです」

ダリウスにはお茶でも飲んで待ってもらい、ディスプレイを弄ることにする。この世界でデパート店員だった頃の知識が通用するか、腕の見せどころだな。

俺はディスプレイされていた仕立て用の布や高級ジュエリーなどを全部外し、ブルーの生地を板にかけた。そしてドレープを作っていく。

あ～！　フードが邪魔！

仕方なく、髪が隠れるギリギリの位置にフードを上げた。本当は脱ぎたいけど怒られそうなので耐え、作業を再開させる。

薄手の美しい生地に織り込まれた模様が美しく浮かび上がっている。これは畳んでいたら良さが分かり難かったと思う。ドレープを入れたら立体感が出た。

帽子スタンドも借りて、生地を引き立てそうなウイッグもあったので借りる。そして髪飾りをディスプレイしていく。婦人服売り場での研修ありがとう！

それにしても、男性でも髪飾りするんだね。髪の長い人が多いからかな。

ディスプレイスペースの中で立ったり座ったりしつつ、生地、筆記具セット、髪飾りを配置する。ついで買いして欲しい低価格品と高額商品も混ぜ、コーディネートして並べてみる。

一旦通りに出て、離れたところから飾り扉をチェック。見えにくいところや物足りないところを修正して、と何度か繰り返していった。

最終チェックで通りにいたら、外で待機していた騎士がダッシュで向かってきた。そういえば急に人が増えたな。ディスプレイを見てくれてるのかな？

「ジュンヤ様、中へ」

小声で背中を押され、有無を言わさず店内に連れ込まれる。なになに⁉

店内に入ると、ダリウスが仁王立ちで待ち構えていた。――阿吽《あうん》の像に似ている。

「なんでフードを取った」

「えっ？」

頭に手をやると、フードが脱げていた。

「ごめん、脱げてた……」

恐る恐る振り返ると、ガラス戸越しに人がみっしり集まっているのが見えた。ヒェェ～！

「神子《みこ》と勘違いされてないかな？」

「それは大丈夫だ。神子《みこ》はしょっちゅうフードなしで街歩きをしているからな。だが、もう一人いるという話をやたら吹聴《ふいちょう》していたから、お前がそうだとバレたんだろう」

「俺の話をしてたんだ？　どんな話？」

「……誰かに言われるだろうから俺から話しておくが、巻き込まれたお兄さんだと言っていたな。街ではおまけのお兄さんと言われているようだ」

ダリウスは唾棄《だき》するように言った。まぁ、確かに腹は立つけどさ。

「事実だからなぁ」

「万が一嫌な奴がいても、堂々としてろよ」

「うん、ありがとう」

「ジュンヤ様、よろしいですか？　私は外から展示を見てみます。ついでに蹴散らしておきましょうか」

ノルヴァンさんはそう言うが引き止めた。

「ディスプレイ、気に入っていただけると良いのですが。あの人達も飽きたらどこかへ行くと思うんですけど……商売の邪魔ですよね。この際、俺を利用してバンバン売っちゃいましょう。今こそ在庫整理のチャンスですよ、ノルヴァンさん」

客寄せパンダ上等！　俺はニヤリと笑った。それに応えてノルヴァンさんもニヤリと笑う。お互い商売人だ。目と目で心は通じ合うね！

「おい」

「あ、ダリウス、心配してくれてありがとう。でも、久々に俺の本業やらせて。護衛を頼むよ。信頼してるからさ」

ダリウスはため息をついて、部下達の配置を指示した。

「仕方ない。ノルヴァン、入店人数を決めて入店させても良い。十人ずつだ。それはこちらで調整する。ジュンヤ、お手並み拝見といこう」

「接客久しぶりだなぁ〜。頑張るよ」

時に人はその場のノリで物を買ってしまうが、買い手が後悔しないように売ろうではないか。

カランとベルが鳴り、騎士に誘導されたお客さんが入ってくるのを、俺は満面の笑みで出迎えた。

「やぁやぁ、皆さん。今日は何をお探しかな？」

ノルヴァンさんが優雅な仕草で接客を始める。

「「「えっ？　い、いやその……」」」

全員が挙動不審だ。そうだよね、多分俺の見物に来ただけなんだよね。買う気なんかなかったよね。

「いらっしゃいませ、ごゆっくりご覧ください」

俺は援護射撃としてデパートで培《つちか》ったお出迎え営業スマイルを放つ。

はい、どーも。俺がおまけ君です。客寄せパンダ君ですよ。見物料に何か買ってくれたら嬉しいな。

「あ、あの、あなた様は……おま、あっ！　わ、渡り様でございますですよね？　なんでこの店に？」

言葉遣いがおかしいですよ、落ち着いて、おじさん。

俺は微笑みを浮かべつつ、小首を傾げる。

「私は渡りと呼ばれているのですね。さようでございます。ジュンヤと申します。お見知りおきください。ノルヴァンさんには以前お世話になりまして、今日はご挨拶に伺《うかが》ったのです」

「は、はぁ～！　こんなお綺麗な人だなんて聞いてなかったですだよ！」

「おまけが街へ出てこないのは、不細工だからじゃねーかって噂だったんですよ！」

「おい、馬鹿！　何言ってる！」

「ああっ！　ヤベッ！　あの、すんませんです！」

ほほう、そんな噂が流れているのか。

「いえ、お気になさらず。今日は何かお探しですか？」

「えっ？　あ、えーっと、そうですね、恋人にプレゼントでもしちゃおうかなぁ～、ハハハッ！」

「それは素敵ですね。お見立てしてしまいましょうか？」

「良いんですか？」

「もちろん。それに私は普通の人間ですから、みなさん畏《かしこ》まらないでくださいね」

ああ、接客楽しい！　自然と頬が緩む。

最終的に恋人のいる人は髪飾り、他の人はお洒落《しゃれ》な筆記具セット（ラブレターに必須らしい）など、沢山商品を買ってくれた。最後に握手をせがまれたので、お安い御用だと応じる。

ダリウスの鋭い視線を感じたが、「邪魔するな」と目で制した。

その後、ノルヴァンさんがまだ外に並ぶ客に断り一旦店を閉めた。正直助かったよ。どれくらい時間が経ったか分からないけど、クタクタだ。

しかし、次の言葉で疲れも吹っ飛んだ。

「ジュンヤ様、過去最高の売り上げでございます！　あの生地と筆記具セットは完売ですぞ。ジュンヤ様のお勧めと申しましたら飛ぶように売れました！」

「よっしゃ～～！　頑張った～!!」

思わずガッツポーズをしてしまう。でも、それくらい嬉しい！

ノルヴァンさん、店員さんともハイタッチを交わす。

「ジュンヤ様はさすが元商人。商才がございますね」

「いえいえ、今日は黒髪効果です。皆さんが見慣れたら、こんなに上手くいかないと思います」

うん、毎回売れるほど商売は甘くない。

「あ～、疲れた。だけど接客は楽しい！　やっぱり俺の本業はこっちだなぁ。ケツを撫でる奴らにはムカついたけどどね」

「そういう時は言え！　お前ら、気がつかなかったのか!!」

俺の言葉を聞いたダリウスが目を剥《む》き、怒号を飛ばした。護衛達は小さくなっている。

「みんなは悪くないよ、死角を選んでたっぽいし。ケツの一つや二つ撫でられても減らないよ」

「減るんじゃなく掘られるんだがな。忘れるな」

「うっ、ソウデシタ……キヲツケマス」

ダリウスは直球すぎる。でも、確かに気をつけよう。バレたらヤバそうだから言わないけど、かなりの人数に撫でられたんだよな。

スルッと撫でて去っていくので、対処も間に合わなかったのがほとんどだったが。

「ジュンヤ様、間もなく夕食の時間です。今日は我らも十分商売しました。閉店にいたしますので、食事をご馳走《ちそう》します。みんなも上がって良いぞ。おい、帰る前に『回る子馬亭《まわるこうまてい》』を予約しておいてくれ」

『回る子馬亭』とはこの辺りで一番味が良いと評判の食堂らしい。

ノルヴァンさんに頼まれ、店員さんが笑顔で頷く。

「お任せください。では失礼します」

「え？　そんな、悪いですよ」

「いやいや、今日は祭り並みの売り上げに貢献していただきましたからな！　是非ご馳走《ちそう》させてください！　騎士様達もどうぞ」

「あまり遅くならないように帰るぞ？」

ダリウスが釘を刺してくる。でも、せっかくの誘いなので許可してくれた。

「うん、街の食堂楽しみ！」

俺はウキウキしていたのだが、ダリウスは渋い顔だった。今日はいっぱい人が来たけど、セクハラ以外嫌なことはなかったし、そんなに心配しなくて良いのにな。

眉根を寄せるダリウスを尻目に、俺はどんな料理が出てくるのかと期待に胸を膨らませるのだった。

◇

さて、ところ変わって『回る子馬亭』です。変な名前だが気にしてはいけないのだろう。なぜ馬が回るのか……？

個室を貸し切っているので、給仕がいない時はフードを外す。

席についてすぐエールが出てきた。乾杯してゴクゴクと飲む。

この世界に来て初めて酒を飲んだけど、美味～い！

その後、ローストビーフの塊《かたまり》を騎士が取り分けて配膳してくれた。

おお、肉はちょっと硬いが美味い。ソースにもうちょいインパクト欲しいな。薬味があると良いかな？　でも美味しいぞ。

それからもどんどん料理が運ばれてきた。野菜料理はここでも微妙。

忘れてたよ、離宮と騎士棟の料理はすっかり俺アレンジだった。でも、せっかくなのでいただく。ダリウスが口に合うか心配して、「大丈夫か？」とアイコンタクトしてくる。俺は笑顔で頷き返した。

パンは相変わらずスープに浸さないと無理だが、出された料理は一通り手をつけた。今後の糧《かて》にするつもりだから食べる！　お腹も空いているしね。エールも美味い。

ワイワイと商売や街の話を聞いていたら、吟遊《ぎんゆう》詩人を呼んでくれることになった。長い銀髪の美人な男の人が入ってきて、ギターに似たリュートという楽器を弾きながら歌い始めた。

この国を讃《たた》える歌、神子《みこ》を讃《たた》える歌、恋の歌と三曲披露してくれる。ノルヴァンさんと騎士は知っている歌なので一緒に歌っている。良いなぁ。

俺の歌える歌を知ってるのは歩夢君ぐらいだな。なんとなくお気に入りの曲を鼻歌で歌っていたら、吟遊《ぎんゆう》詩人に声をかけられた。

「その歌は存じ上げないのですが、異国の歌ですか？」

ヤバッ！　吟遊《ぎんゆう》詩人をしていたら知らない歌は気になるか。今はフード被ってるから髪は見えないけど、うっかりしてたな。

「えっと……」

チラッとダリウスを見る。異国設定でいいのか？　と目で尋ねる。彼が頷いたので、そうですと答えておいた。

「勉強のために、是非聞かせていただきたいのですが」

「えっ！　誰も知らないから伴奏がないし……」

「俺も聞きたい」

ダリウスやノルヴァンさん、騎士達まで。俺の味方はいないのか？

「分かったよ……」

俺は持っていたエールをグイッと飲み干してから、大きく息を吸い込んで歌い出した。それは、要約するとこんな内容の歌だ。


いつまでもそばにいられると思っていたのに、今はもうその願いは叶わない。

あなたを愛したことに後悔はないから、その思いを胸に生きていく。

もう一度あなたにキスできたら良いのに。


ひっそり離宮の部屋で歌っていた曲の一つだった。過去のことや元の世界にいる家族のことを思ったら、ついつい熱唱してしまった。恥ずかしい。

歌い終えたら場は静まり返っていて、気まずくなりまたエールを呷《あお》った。俯《うつむ》いていたら、拍手がパラパラとなり始め、それは徐々に大きくなっていった。

な、何？　おぅ、ウォーベルト泣いてる！　どうした？　失恋でもしたのか？

ダリウスもじっと俺を見つめている。その瞳にどこか熱情が燻《くすぶ》っているようで、俺は頬に朱が散るのを感じた。

それから堰《せき》を切ったようにみんながやたらと褒めてくれて、俺は恥ずかしさを隠すために酒を飲み続けたのだった。


「――おい、飲み過ぎだぞ、そろそろ帰るぞ」

「お～れ～は～よってまへ～ん！　まだ飲む～！」

「酔っ払いはみんな酔ってないと言うんだ！　いつの間にこんなに飲んだ？」

俺はダリウスに脇を支えられながら、良い気分で歩いていた。鬱陶《うっとう》しくなってフードを取ると、すかさず後ろから誰かが被せてくる。

「フードやだっ！」

取る、被せる、取る、被せる、取るの攻防だ。なんだか楽しくなってくる。さあ、被せてご覧なさい！

「参ったな、こりゃ、離宮まで戻れるか？」

「帰れます～。酔ってない！」

「はいはい。ノーマ、こりゃ騎士棟に泊めたほうが良いかもしれん。騎士の間を醜態《しゅうたい》晒《さら》して歩くわけにいかんだろう。目の毒だ。ここは酔っ払いだけだから平気だけどな」

「ダリウスは年下なのに頼りになるなぁ。でっかいし！」

右手でダリウスの腹筋を軽く叩く。逞《たくま》しい腕でガッチリ支えてくれてるけど、俺一人で平気なのにな。でも、離してくれない。力では絶対に勝てないからそのままだ。

熱いくらいの温もりを感じていると、急に人恋しくなってきた。そういえばこの世界に来てから、こうやって人と触れ合うのは初めてかもしれない。

俺はダリウスの体にぎゅっと腕を回した。

「おい、ジュンヤ。何してる」

「ん〜？　なんかさみしいなって」

「全部意味が分からん。ほら、ちょっと手ぇ離せ」

ダリウスが呆れた様子でため息をついた。そして、俺の腕をベリッと体から引きはがす。温もりが遠のき、俺は恨めしげに彼をねめつけた。

「酷い！　ダリウスのケチッ！」

「足が動いてないぞ、全く。ほらよ」

「うおっ」

次の瞬間、俺はダリウスに横抱きにされていた。体が不安定で心許《こころもと》ないので、急いで彼の太い首に腕を巻きつける。

「あれ〜？　なんでダリウス、俺のこと抱いてるの？」

「はいはい、どうしてだろうな」

困ったように笑うダリウスの顔が目の前にある。先程よりも彼の温もりや吐息を感じ、心臓がどくどくと脈打つ。下腹部に熱が溜まるのを感じ、俺は身をよじった。

なんだか無性にシたい。

「早く帰ろ……？　エッチしたい……」

気づいたらそんなことを口走っていた。

「——お前ら、走るぞ」

ダリウスはぎょっと目を見開いたかと思うと、猛然と走り出した。俺を抱き上げているのにすごいなあ。

行きにもくぐった大きな門には馬車がいて、俺はその中に放り込まれる。そして、ダリウスの膝に乗せられ、しっかりと抱き寄せられた。

「タチが悪すぎる。外での酒は禁止だな」

「やだっ！　俺はまだ飲むから！　酔ってないっ」

「ノーマ、やっぱり今夜は騎士棟の部屋に泊める。離宮に知らせておけ」

「分かりました。確かに危険ですね」

「俺、キケン？　なんれ？」

「良い子にしてろ」

「俺、年上らから！　イイコとか言うな！」

「はいはい」

くそー、流された。俺、平気なのに。

というか、こんなにくっついてると余計シたくなるから離して欲しい。

「騎士棟に泊まるの？　俺、一人で寝られる？　かえりたい」

「なんでだ？」

「いいじゃん、なんでもっ」

ふいっと顔を逸らしてダリウスの追及を逃れようとする。しかし、ダリウスは俺の顎《あご》を掴んで、自分のほうに向き直させた。

「だめだ、言え」

「……一人でシたい」

白状すると、彼はゴフッと咳き込んだ。

「危なくてしょうがないな……」

騎士棟に着いたら、馬車から降りてまた横抱きにされた。

「ダリウス、俺立てるよ。なんで抱っこするの？」

「なら、立ってみろ」

そう言って、ダリウスは俺を地面に降ろした。俺は立とうとしたが、足に力が入らずぺたんと座り込んでしまう。

「あれ？」

ダリウスはその様子を見て、目を眇《すが》める。そして問答無用で、俺の体を再び抱き上げた。

ダリウス、あなたは素晴らしい乗り物ですね！　安定感があり優秀です。そして優しい。

抱かれたまま騎士棟を進むと、居合わせた騎士達が両端に避けていく。すごい、これが団長力か？

「ダリウス、ありがとう」

感心して、彼の赤髪を撫でる。ダリウスは一瞬ビクッと体を揺らしたが、気にせず撫で続けた。手触りが良くて、癖になりそうだ。――楽しい。

「ねぇ、一人でいられる部屋ある？」

ダリウスの太い首に両腕を回して尋ねる。彼はこちらを一瞥《いちべつ》して、顔を顰《しか》めた。

「お前は俺の部屋だ。危なくて一人にできん」

「え～！　やだ、それじゃできないじゃん‼」

俺の抗議を無視して、ダリウスは俺を抱いたまま階段を上った。ノーマは俺のことを離宮に知らせに行ってしまい、すでにいない。

「お前達はここまでだ。明日の当番は朝になったら迎えに来るように。下の連中は適当に黙らせておけ」

ダリウスはここまでつき従ってきた騎士達に向き直り、そう告げた。騎士達は何か言いたげな目をダリウスに向ける。

「だ、団長。あの」

「なんだ？」

「いいえ……良いです……」

そして時々振り向きながら、みんなは自室へ帰っていった。

◇

みんなが帰った後、俺はベッドに放り投げられ、フードとベストをあっという間に剥《は》ぎ取られた。寝転んだままズボンも引き抜かれ、シャツと下着だけが残った。なんという早技……なんだよ～！　一人でシようと思ってんのに邪魔するな！

「やだ。一人になりたいっ」

「で、一人でスルのか？」

「いいじゃん、シたって」

キッとダリウスを睨みつける。すると彼は口端に笑みをのせて、ずいっとこちらに身を乗り出した。

「手伝ってやる」

「え？」

手伝うってなに？

呆気に取られていると、革鎧《かわよろい》を脱いだダリウスがのしかかってきた。焦って身をよじるが、重くてビクともしない。

「おれ、シないから。男とシたことないし。やだ」

「抜くのを手伝うだけだ。抱かないから安心しろ」

そう言いながら、右手が俺の陰茎を下着の上から擦《こす》り上げている。男となんてあり得ないと思っているのに、そこは簡単に芯を持ち始め、あっという間に硬くなっていく。

しかも同じ男だから、的確に感じる場所を攻め立ててくる。

「んんっ……あ、やだ！」

「抜いてやるだけだ。心配するな」

「ほんとに、いれない？」

「挿れない。気持ちイイ事だけしてやる」

恐る恐る尋ねる俺に、ダリウスは蠱惑的《こわくてき》な笑みを返した。

スルリと下着の中に、彼の熱く節くれだった手のひらが滑り込んでくる。陰茎を直に握られ、ピクリと震えた。

大きな手でゆるゆる扱《しご》かれ、彼から与えられる快楽に抗《あらが》えない。

あっと言う間に先走りが溢れて、ヌチュヌチュと淫猥《いんわい》な水音が室内に響き始める。恥ずかしくて逃げようと体を捻《ひね》るが、ダリウスの足の間に入れられて拘束されている。

わざと音を立てて裏筋を親指で撫でられると、腰がねだるように動いてしまう。

まずい……気持ちよすぎる……

「怖くないから、任せろ」

ダリウスはそう言って、キスした。

最初は触れ合うだけのキスをして、唇を舐《な》めまわされた。僅《わず》かに舌が入り込んで、歯列を舐《な》められる。俺は唇を舐《な》められながら、段々と心地よくなっていく。

気がつくと彼の首に腕を回していた。

あれ？　俺、何してんの？　相手は男ですよ？　クマ寄りの。

そう頭では分かっているけど、唇が触れ合うのが気持ちよくて、目がとろんとしてくる。

息継ぎのために薄く開いた唇を割って、ダリウスの分厚い舌が侵入してきた。舌を絡ませて、吸い上げられ、口内を丹念《たんねん》に舐《な》めまわされた。なんだか甘い。

口蓋《こうがい》を舌先で愛撫され、腰に熱が溜まっていく。

同時に、先走りの溢れる鈴口をグリグリと捏《こ》ねながら擦《こす》り上げられる。いつの間にか、自分からダリウスの手に擦《す》りつけるように腰を動かしていた。

もっと、キスしてほしい……

「ん、んんっ！　はぁ、あ、あ」

「感じやすいんだな、その調子だ。可愛いぞ」

「そん、なこと、いうなっ、んんっ」

性感が高まり、目の前が涙で霞んでいく。ダリウスはそんな俺を艶然《えんぜん》とした表情で見下ろし、下肢をくつろげた。

「ジュンヤ、俺のも、な……」

ダリウスは自らの陰茎を手にして、俺のものと触れ合わせた。彼の長大な性器を目の当たりにして、さっと血の気が引く。それはすでに腹につくほど屹立《きつりつ》していて、もはや凶器と言っていい大きさだ。

「まって！　い、いれないよね？　ムリムリッ！」

「大丈夫だ、こうして、な。手を貸してくれ」

ダリウスは二人分の先端を俺に握らせた。

俺はおずおずと両手で二人分の亀頭を握り、互いの鈴口とカリを刺激する。二人分の愛蜜が溢れて、いやらしい音が耳を犯す。

気持ちよくて、陶然としながら、夢中になって愛撫を繰り返した。ダリウスの先端も丁寧に撫でてやる。

「ん、上手いぞ」

人のなんて触ったことないけど、不思議と嫌悪感はなかった。裏筋をカリでグリグリと押されるのもたまらない。俺の手の中でグチュッグチュッと二人の昂《たかぶ》りが擦《こす》れ合う。

「はぁ、あ、あん。俺、もう、イキそうっ。ああっ！」

息を喘《あえ》がせる俺にダリウスはまたキスをして、たっぷりと唾液を流し込んだ。どんどん流し込まれる唾液がやけに甘く感じて、夢中で啜《すす》った。

「飲んでくれ」

「ん、んん。あん、はぁ。――もっと、して」

「良いよ、イケよ。イキ顔見せてくれ」

ダリウスが俺の手を包み込むように陰茎を握り、敏感な先端を扱《しご》き上げる。急速に射精感が高まってきて、俺は必死に首を横に振った。

「やだぁっ！　みるな、もう、でちゃう！　離して！」

そう叫んだ瞬間、俺は絶頂に達していた。先端から勢いよく白濁を放ち、シャツまで飛沫《しぶき》が飛び散った。自分でも早いと驚いたが、どうにもならなかった。

はぁはぁと荒い息を整えながら、ダリウスに目を向ける。彼の陰茎は怖いくらいに勃起していて、血管がどくどくと脈打っている。

——怖い。でも、シてあげたい。

不思議とそんな気持ちが湧き上がった。

「ダリウス……これ……」

俺はダリウスの陰茎にそっと手で触れた。

ちょっと手伝うだけだ……責任ってものがあるもんな。

ダリウスは俺の行動に一瞬目を見張った。それからニッと笑い、俺を横にさせ、後ろに移動した。

「じゃあ、足を閉じて……ん、そうだ」

サイドボードから何か取り出し、自分の陰茎に塗りつけ、俺の足の間にも塗りつけた。そして、屹立《きつりつ》した陰茎を、腿《もも》の間にぬるりと滑り込ませる。

まさか、後ろに挿れるつもりか!?

「ダ、ダリウス！　そんなの入らない！」

「挿れないって言っただろ。怖くない。足で挟んでいてくれ。な？　怖くないから」

「ホントだよな？　それ以上しないよな？」

「信用しろ。今日は挿れない」

「今日はって、あっ！」

俺が言い終わらないうちに、ダリウスは大きく腰を突き上げてきた。

彼の陰茎が俺のものを擦《こす》り、クチュクチュといやらしい音が響く。一度射精して力を失っていた俺の陰茎も、その刺激で再び鎌首をもたげていた。

熱い塊《かたまり》に裏筋を擦《こす》り上げられて、腰が揺れてしまう。すると、ダリウスが空いた左手でシャツを捲《まく》り、乳首を揉《も》んだ。次いで、うなじや背中を舐《な》めまわし吸いついてくる。

熱い舌が体を這いまわる感覚に、ゾクゾクと体が震えた。そこへ更に乳首を摘《つま》み上げながら先端を爪で引っ掻かれると、ビリッと電流のような快感が体中を走った。

「あ、や！　それダメ」

「これ、嫌か？」

「変、な、かんじ！　あん！」

女の子みたいな声を上げてしまい、戸惑う。

ダリウスはお構いなしに俺の耳朶《じだ》を舐《ねぶ》りながら、徐々にピストンを速める。パンッパンッと激しく肌がぶつかり合う音が響く。

「イクぞ、くっ！」

ダリウスは俺の腰をがっしりと掴み固定して、ガツガツと叩きつける。俺はそれに合わせて腰を揺すり、「あ、あ」とあられもなく声を上げることしかできない。

俺の後孔付近まで大きく腰をグラインドされると、ビクビクと体が震えた。

一際激しく突いた瞬間、ダリウスが熱い欲望を放った。ビシャリと熱い大量の精液が、俺の腹や胸、顎《あご》にまでかかる。

俺もその刺激でまた射精してしまい、二度目の絶頂に震えながら瞼《まぶた》を閉じた。

汗を滴《したた》らせる体を後ろから抱きしめられながら、急速に睡魔に襲われる。

胸にヌルヌルと何かを塗りたくられている感触がしたが、もう目を開けていられなかった。

◇

次の日。目が覚めたら、体は綺麗に清められていた。

ダリウスさんですね、すみません。年下に翻弄《ほんろう》されたうえ、お世話されてしまいましたよ。

今着ているシャツは大きくて、肩がずり落ち膝まで丈がある。ダリウスが自分の物を着せてくれたのだろう。俺のシャツは精液塗《まみ》れになった記憶がございます……

ダリウスの姿はなく、なんとなくほっとした。

まずいことをした後悔と、最後の一線は超えてない安心感とで胸中は複雑だった。男にあんなことをされて気持ち良かった自分に驚いてる。

しかも、俺は怒ってない……まぁ、振り返るとアレは俺のせいな気がするし？　――いや、そうなのか？　俺は一人エッチ希望だったぞ！

俺が一人で考え込んでいると、コンコン、とドアがノックされた。

「ジュンヤ様」

エルビスの声だった。俺はベッドから出て扉を開けたのだが、俺を見たエルビスとノーマがすごい形相《ぎょうそう》になった。目の下にはクマができている。

後ろにはラドクルトとルファもいて、俺はきょとんと目を瞬《しばた》かせる。なんで全員集合？

あ、みんなが見てるのはこの格好かな？　確かに変だよね？　あのさ、パジャマ借りたの、記憶ないけど。うん、それだけだから。

なぜか俺は全力で言い訳をしていた。すると、エルビスとノーマだけ素早く室内に入ってきて、扉を閉めた。

そう言えば、俺が着ていたシャツやベストはどうしたかな？

キョロキョロと室内を見回すと、ベストはハンガーに掛けられていた。シャツは……あ、ベッドの下だ！

拾い上げようと一歩踏み出したが、エルビスが先に手にして、硬直した。

「ジュンヤ様……」

エルビスの地を這うような声がして、周りに氷の粒がキラキラと光りながら飛び交っていた。あれ？　なにこれ？　そういえば見たことないけど、魔力があるって言ってたね。

でもね、なんでそんなことになってるの？

「ナニかされましたね？」

どこまでも静かな声音だったけど、冷や汗が流れるほど恐ろしい。俺は必死に首を横に振った。

「な、ナニもなかったです」

「コレで、ナニもなかった、と？」

エルビスは情事の後を感じさせるシャツを、俺の眼前に突き出した。目が笑っていない。

「……は……してないです」

「聞こえませんでした。もう一度、お願いします」

ヒィィー！　エルビス様怖いよ!!

「さ、最後の一線は超えてませんっ」

「つまり、触られたのは認められるのですね？」

「う、はい……」

「本当に、純潔はお守りになったのですね？」

コクコクと高速で頷く。すると、エルビスはガックリと床に膝をついた。

「良かった……！　ジュンヤ様がヤリチンクソ団長に処女を奪われたかと……!!」

えっ？　ヤリチンクソ団長？　いつも優雅なエルビスから聞いたことのない罵声《ばせい》が聞こえた気がしたよ。

驚いた俺はノーマを見ると——泣いていた。うっそ！

「ノーマ、どうした？　俺のせいで怒られた⁉」

「ぢがいまずぅー！　ジュンヤざまのでいぞー（貞操）をお守りできなかったかと思ったんでずぅー。あの後戻ってきだら、この部屋に結界がかけられでで、入れなかったんでずぅ～」

うん、とりあえず鼻をかもうな。ほれ。チーン。よしよし。

安心してくれ、俺の尻は無事だ。擦《こす》られたけど無事だ。言わないほうが良いだろうから黙っとくけどな。

俺の貞操は確かに俺自身にとっても大事だけど、みんなをそんなに心配させたのか。悪かったな。

ダリウスは信用ないんだな。それにしても――

「ん？　結界？」

「各団長の私室への入室には副団長と団長の許可が必要で、団長達がいない時は特別な手順を踏まないと入れないそうなのです。そして、昨夜騎士達は団長許可がないのでダメだと突っぱねたのです」

エルビスの絶対零度のお言葉に、俺は縮み上がった。

「ごめんな、心配させたな。少し酔っ払っただけだよ」

「まずはお着替えをしましょう。離宮に戻ったら入浴もいたしましょうね」

「え、朝風呂なんて悪いよ」

「いたしましょうね」

はい……今日はエルビス怖い！　でも、俺が悪いんだもんな。大人しく言うことを聞いておこう。

その後、着替えを一式持ってきてくれたので着替えようとシャツを脱いだら……俺、下着を穿《は》いてませんでした。――素っ裸になってしまった。

そのせいでエルビスがまた般若《はんにゃ》になって「ジュンヤ様になんて格好を！」と憤怒していた。

「あの野郎……！　痕《あと》をつけやがって」

そんな重低音も聞こえました。あれ？　俺の知ってるエルビスじゃないよ？　それに痕《あと》って……まさか！　確かに吸いつかれてた気がする、けど……

「エ、エルビス？　何かあるの？」

「なんでもございません。さ、こちらを」

そう言ってシャツとベストを着せてくれたのだった。シャツの襟は立てられた。――知らないほうが幸せなこともあるのだ。部屋を出ると、ルファとウォーベルト、ラドクルトがいた。目がすっごく泳いでるけど、昨日、醜態《しゅうたい》を晒《さら》したせいかな。

「昨日は迷惑かけてごめんな」

「迷惑なんて！　めちゃくちゃエロ可愛かったですぅ！」

「ウォーベルト！」

ラドクルトが注意をすると、ウォーベルトはピンと姿勢を正した。

「あ、すみません！」

とりあえず、二人は団長と大変なことにならないか心配していたらしいので、何も（最後まで）してないです、と言っておいた。うん、そういうことにしておいて。

ちなみにダリウスは、歩夢君のところに行ったらしい。酒はほどほどにしろと伝言をもらった。

うん、俺もそう思います。酒は飲んでも飲まれるな。大切な言葉ですね。

そうして、俺はようやく騎士棟を後にした。

「エルビス、ノーマ、本当にごめん。きっとヴァインも心配したんだろうな。酒には気をつけるよ」

「そうなさってください。せめて私がいたら……」

反省しきりのエルビスだが、悪いのは俺だから。謝って、もう飲みすぎないと約束した。無事離宮に戻ってから、俺は三人に隅々まで洗われてしまった。

ノーマはまた泣いた。なんで？　風呂で泣く要素あったの？

他二人は無言で怒っていてなんだか怖かった。でも、怖いので理由を聞くのはやめた。

お酒は禁止されかけたけど、今回失敗したのは久しぶりにたくさん飲んだせいだ。だから、たまには飲みたいなぁとお願いした。

三人は渋い顔をしていたけど、飲まなきゃいけない場面では、今回みたいに酔わないように一杯だけと約束をした。

そういえば、今後は街に行く時ついてくるの、ダリウスじゃなくて別の人でも良くない？

ダリウスだって暇じゃないだろうし、今回だって、外出する権利をもぎ取るとは言ってくれたけど、結果として陛下から言質《げんち》を取ったのは俺だ。

そう思ってエリアス殿下に確認してもらったのだが、最悪の事態で俺を抱えて最速で走れるのはダリウスだからと、却下されてしまった。――最悪の事態って何。

そういえば、浄化はどうなってるんだ？

街はなんともないけど、王都から離れると水害の影響が大きいと聞いた。

「エルビス、神子《みこ》の浄化ってどんな感じなのかなぁ。王都から離れると影響が出てるってバレット様が言ってたろ？　各地にある水源地の神殿を巡る必要があるらしいけど、歩夢君……神子《みこ》様はずっと王都にいるよね」

「詳しくは分かりませんが、王都の泉は浄化しているそうですよ」

「王都の泉も濁《にご》ってたんだっけ？」

「僅《わず》かですが。辺境へも早く来て欲しいと、各地の領主や町長達から要請が来ていると聞きました」

「各地の神殿は遠いの？　なんで行かないのかなぁ」

「存じません。申し訳ありません」

エルビスは眉尻を下げて謝る。確かにそんな大事な話、やたらと漏らさないよな。

「そういえば神子《みこ》様とは仲良くなった？」

「どういう意味でしょう」

「俺みたいに元の世界の話を聞いたり、料理したりとかさ。打ち解けたかなと思って。あの子元気で明るいから話しやすいんじゃゃない？」

「まあ、そうですね。アユム様は街へは度々出ていらっしゃるそうですよ」

頑張ってるんだな、歩夢君。エルビスも彼が好きなら応援するけど、今はそうでもなさそうだ。

それから俺は、昼食を取った後に書庫へ向かう。調べ物をしたかったからだ。

すると、見慣れない使用人がいた。時々王宮から助っ人が来るらしい。少しずつ誤解が解けて、離宮の人とはほどほどの関係を保てるようになっていたから忘れてたよ。——あの冷たい目をさ。

「あれが殿下を唆《そそのか》す男娼か」

「最近は騎士もダリウス様も夢中らしい。節操のないことだ」

「お前達、無礼であろう」

エルビスが厳しい声で諭《さと》す。

「これはエルビス殿。お言葉ですが、そのなんの役にも立たない男のせいで、あなたも離宮などへ追いやられているのではないですか。神殿の下働きか、誰かに下賜《かし》されるか……時間の問題ですよ。早く王宮にいる殿下のもとへお戻りになりたいでしょうに」

「私は誇りを持ってジュンヤ様に仕えている。お前達に誹《そし》りを受ける謂《いわ》れはない。下がれ」

エルビスの厳しい言葉に、男達は下がって行った。俺の横を通りすぎる際に、下卑《げび》た目で笑う。

「ジュンヤ様、お気になさらず。私達が心から仕えていることをお忘れなきよう」

「うん、ありがとう、エルビス。信じてるよ」

嫌な気持ちになったが、エルビスもついてくれているし、気を取り直して黙々と調べ物をした。

ふと、以前襲われかけた聖職者達のことがよぎった。

もしかして神殿の下働きとして無理やり働かせるために、俺を攫《さら》おうとしたのか？

でも、やっぱり腑《ふ》に落ちない。下働きを得るためにわざわざ攫《さら》う必要はない。

今すぐ答えは出そうにないが、いつか分かるかもしれない。

でも、なんとなくその日が来ないほうが良い気がした。

side　ダリウス

今日も神子《みこ》の警備につきながら、俺は時々浮かぶジュンヤの顔を必死で振り払っていた。珍しく寝過ごして自室に置いてきてしまったが……心配だ。

しかし、なんてことをしてしまったんだ！　エリアスに散々手を出すなと警告されていたのに。

あいつ、意外とネチネチ責めるからな。

だが、あれはジュンヤが悪い！　あんな可愛くいやらしく誘うからだ。――いや、誘ってないな。

「一人でスる」と宣言していたな。どんな宣言だよ、あの酔っ払い。

俺が溜息をつくと、近衛騎士のシファナが何か聞きたそうに見つめていた。俺は絶対話さんから諦めろ。

いや、エリアスにはたっぷり聞かせてやるか。あいつ、ジュンヤのいやらしい話を聞いたらどんな顔をするか……

まだシファナが見ているが、こいつに口を割るつもりはない。俺はニヤリと笑いかけた。

そして、昨日のことを思い出した。

城内から初めて外に出るというジュンヤは、目に見えて浮かれていた。

並ぶとつむじしか見えないが、興奮しているせいか耳が少し赤い。蜜色の肌が赤く染まっていて
エロい。黒いくせ毛がくるくるとしている。

だが俺はプロ。エロいことを考えても、俺の息子は何食わぬ顔で自制できるのだ。騎士棟を歩きながら、外出での注意を述べた。

「暴れたら、最悪殴ってでも連れて逃げるからな。大人しくしといたほうが良いぞ」

「分かった……」

ジュンヤは俺の言葉に震え上がってしまった。赤かった耳も元通りだ。むしろ白い。

しまった……まぁ、すぐに機嫌も直るだろう。エロい顔のままで騎士棟を練り歩かれたら困るからな。実際、ウキウキと歩くジュンヤを皆がチラチラと見ているのだ。

馬車に乗り、ジュンヤの向かいに座って様子を観察していた。エリアスに報告を求められている。

何も知らないジュンヤは、外の景色をキラキラとした瞳で眺めている。

常に優雅で、控えめな笑みを浮かべるジュンヤだが、今は子供のようだ。いつもの艶《あで》やかさが嘘のように無邪気で、これが本当の姿なのかもしれないと思う。

隣に控えるノーマも逐一観察しては微笑んでいる。本人は全く気がついていないが。

庶民の住む城下町への門に徒歩で向かう。予《あらかじ》め指示した位置に騎士達を配置した。俺は常に隣

にいるのだが役得だ。

おっと、フードをもっと深く被らせないとな。グイッと下げると、案の定ジュンヤは不満そうだが仕方ない。

「いきなりすごい活気だ！　あ、あれなんの店？」

商店を眺めていたジュンヤが走り出そうとしたので、思わず腕を掴んだ。

指差した店は仕立屋だった。主に貴族の装束を仕立て、宝石なども扱う。都には宝石商もいるが、仕立屋に宝石に合わせて仕立てさせる者もいるからだ。

あんな物に興味があるのかと少々つまらない気持ちになりつつ聞くと、ジュンヤは元は商人だそうで少しホッとした。

着飾るだけが趣味のつまらない貴族ばかり見てきたから、売りつける側の視点を見るのは楽しそうだ。それに、ここは子供の頃から我が家に出入りしていたグレンの店だ。口も固いし良いだろう。

だが、俺はすぐに後悔する羽目になる。

「いらっしゃいませ。おや、坊ちゃん」

「……坊ちゃん？」

「グレン、それは止せ……！」

俺の威厳が!!　どうしてくれる、グレン！　と睨むが、奴はどこ吹く風だ。ヨチヨチ歩きの頃から俺の服を仕立てていた男には敵わんな。

「坊ちゃんは、この店の常連な感じ？」

「っ、ジュンヤ！」

俺を見上げながらニヤリと笑うジュンヤ。恥ずかしいのもあるが、その顔エロいぞ！　やめとけ！　と叫びたいのは我慢した。部下もニヤニヤしてやがる。

恋人かとからかうグレンをいなし、フードを取ってやったが、既に知り合いだったようだ。楽しそうに店を見て回るジュンヤを見守る。ふと手にした黒い生地。それを見てグレンがジュンヤの肩に生地をかけ、包みこんだ。

あれほど黒いと思っていた黒は、ジュンヤの髪の色と比べると漆黒ではなかったと知る。今は短いが、伸ばして背を覆うくらいになれば、どれほどの輝きを放つだろう。アユムの黒髪も美しいが、神聖な神子《みこ》を情欲の目で見てはいけないと無意識に自制しているのか、欲を感じるのはジュンヤのほうだった。

騎士達はアユムに会っている者も多い。アユムは騎士棟へ来たこともあるからだ。皆、神子《みこ》のために尽くすと決めているが、ジュンヤの優しさや色香に恋慕している者は多い。

「やはり、真の漆黒には負けてしまいますね。更に工夫しなくては」

「これでも充分に思えますが」

「職人とは貪欲なのでございますよ。機会があればうちの職人達に、ジュンヤ様の漆黒の御髪《おぐし》を見せてやりたいくらいです」

「俺が城下で暮らすようになったら、是非紹介してくださいね」

「市井《しせい》に下るおつもりなのですか？」

俺が考えに耽《ふけ》っていると、城を出る話をし始めた。これは良くない。

「いずれは」

「ジュンヤ」

思わず割って入ったが、いずれは出るとジュンヤはハッキリと言った。

まだ普通に暮らせると思っているのか。庶民と共に暮らすなど、あの陛下の様子ではあり得ないだろう。

そう教えてやれないのは心苦しいし、希望をへし折るのも可哀想だ。

その後は、屋台で食べた串焼きを気に入ったようだが『坊や』と言われて凹《へこ》んでいた。さっきの仕返しに俺が坊やと呼んだ時の悔しそうな目が堪《たま》らん。

スパイス専門店で気に入ったスパイスを買い込んでいたが、全て自分で購入していた。事前に持ち物を売ったらしい。俺もエリアスに金は持たされていたのだが、丁重に断られた。

そう、あの言葉だな。『ただより怖いものはない』。

時折見せる色香は誘っているのかと思えば無意識で、無邪気なようで強《したた》かだ。

――全く不思議な男だ。

先日の陛下とのやり取りも、気圧《けお》されない姿は痛快だったが、あれでジュンヤの自由は遠のいたと言っていい。口では出て行けと言うが、陛下が簡単にジュンヤを城の外に出すとは思えない。

それから俺達は、王都一と評判のノルヴァン商会に向かった。

離宮には商会を経営するノルヴァン自らやってきたのだという。フードの怪しい男に声をかけられ不審げに見ていた店員が、ペンの話を聞いた途端、弾かれたように立ち上がった。

「ジュンヤ、魔法のペンとはなんだ？」

そう尋ねると、ジュンヤは自らの手帳にペンで何かを書き、反対の端で擦《こす》ってみせる。すると、驚いたことに文字が消えた！

手で擦《こす》ったくらいでは消えないという。まさに魔法のペンだが、本人はカガクの力だと言っていた。魔法がない分、カガクリョクとやらが発展しているというのだ。

その後ノルヴァンと二人で生地を広げ何やら始めた。俺は茶を飲んで待てと言う。

部下の配置を少し変えてしばらく様子を見ていると、飾り扉に入り生地をかけ始めた。

――フードはギリギリ被っているから大丈夫か。

飾っては外へ見に行く……という行動を何度か繰り返している。しばらく時間がかかるらしい。

俺は店内を見て回っていたのだが、外のドア待機の近衛が猛然と走り、ジュンヤを隠すように抱えて店内に戻ってきた。その頭にはフードはなかった。このバカ！　取りやがったのか！

しかし、時既に遅しだ。

フードは被っていたが、ちょこまかと出入りする姿を見て気にかけている者が多かったのだ。本人は取ったつもりはなく、ずり落ちてしまったらしい。

全く！　あれほど注意しろと言ったのに！

外にはみっしりと見物人が集まっている。ここから出るためには、裏口に回るしかないか……？

「神子《みこ》と勘違いされてないかな？」

「それは大丈夫だ。神子《みこ》はしょっちゅうフードなしで街歩きをしているからな。だが、もう一人いるという話をやたら吹聴《ふいちょう》していたから、お前がそうだとバレたんだろう」

おまけと言われている。そう教えたのだが、事実だから仕方がないと言う。なぜ怒らないんだ？

俺は次の言葉で更に驚くことになる。

「ディスプレイ、気に入っていただけると良いのですが。あの人達も飽きたらどこかへ行くと思うんですけど……商売の邪魔ですよね。この際、俺を利用してバンバン売っちゃいましょう。今こそ在庫整理のチャンスですよ、ノルヴァンさん」

なんだと？　自分を利用して売るつもりか。しかも、悪い笑顔が色っぽい……ではなく！

「おい」

「あ、ダリウス、心配してくれてありがとう。でも、久々に俺の本業やらせて。護衛を頼むよ。信頼してるからさ」

そんなことを言われたら、なんとかしてやるしかないじゃないか。全員に指示をしてから、ノルヴァンが扉を開けた。

「やぁやぁ、皆さん。今日は何をお探しかな？」

ノルヴァン、いい笑顔だ。獲物を狙う鷹《たか》の目だな。可哀想に、あいつら何か買わんと出られんな。

「「えっ？　い、いやその……」」

「いらっしゃいませ、ごゆっくりご覧ください」

すかさずジュンヤが援護射撃をする。しかも、陛下の前にいた時の隙のない笑顔だ。お前ヤル気だな。

思わずニヤリとする。お手並み拝見だ。

普段のくだけた口調と違い、優雅に微笑みながら接客された獲物達は、ホイホイ買って帰ることになった。だが、見ていると高額な物を押しつける訳でも、客に無理をさせている訳でもなく、それぞれ満足そうだ。

最初の客が、帰り際に握手をしたいと言い出したので俺が止めようとすると、ジュンヤに目で制された。微笑んでいるが、俺の戦場に立ち入るな、と言われたのが分かった。

その後、ノルヴァンや店員が接客した者も、全てジュンヤと握手をしてから退店した。やたらと触らせやがってと腹が立つ。手を握って目を見つめ、動けなくなる者も多数いた。

結果として、商会の過去最高の売り上げを叩き出した。素直に感心する。

だが、客の全員が退店した後、俺の怒号が店内に響き渡ることになる。

ジュンヤめ！　何度も尻を撫でられたらしい。なぜ気づかんのかと、己と部下両方を叱責《しっせき》した。

「みんなは悪くないよ、死角を選んでたっぽいし。ケツの一つや二つ撫でられても減らないよ」

「減るんじゃなく掘られるんだがな。忘れるな」

「うっ、ソウデシタ……キヲツケマス」

全く、神子《みこ》曰くジュンヤはノンケというものらしいが、いい加減気をつけてもらわねば困る。それから、ノルヴァンが礼にと全員にご馳走《ちそう》してくれることになった。

もうすぐ日暮れだが、一日出るつもりだったし大丈夫だろう。部下達もこの程度の護衛は苦ではない。ノルヴァンの店仕舞いを待って、食堂へと案内されたのだった。

俺達がノルヴァンに連れてこられたのは『回る子馬亭』だった。

騎士達もよく立ち寄る、個室があり料理の美味い店だ。問題はジュンヤの口に合うかだ。チラリと見ると、どうにか食べられる様子だ。俺も安心して食べ進める。

ジュンヤはノルヴァンと熱心に商売の話をしていた。目的のためには自分を見世物にすることも厭《いと》わないとは。召喚された時に自害しようとした件も含め、見た目とは違い骨のある男だ。だが、性的な視線から自分の身を守ろうという気持ちがなく、頭が痛い。あり得ないが、一人で出歩いたら……ゾッとするな。

念のため、部下達は酒抜きで食事をさせている。俺はノルヴァンからの酒を受けなければならないので飲んでいるが、酒には強いので問題ない。

ふと、隣から歌声が聞こえた。流しの吟遊《ぎんゆう》詩人が来ているという。ノルヴァンが呼びたいと言うので、体を検《あらた》めさせて入室を許可した。

カルタスの栄華を讃《たた》える歌は正直聞き飽きているが、部下達は好きで共に歌っている。神子《みこ》を讃《たた》える歌も定番だな。そして悲恋の歌だ。

身分違いの恋に泣く泣く別れたといった内容の歌だが、海という言葉が出てくるのでトラージェの歌だろう。最近フラれたという部下が泣いている……おいよせ、ここで泣くな。

ジュンヤは引いていないかと思い窺《うかが》うと、何か鼻歌を歌っている。聞いたことのないメロディだ。

俺は社交にも出ているので国外の歌も多数知っているが、これは初めて聞く。異世界の歌なのだろう。

こっそり聞いていると、ずい、と吟遊《ぎんゆう》詩人がジュンヤに顔を寄せる。俺は一瞬警戒し身構えた。

「その歌は存じ上げないのですが、異国の歌ですか？」

なるほど。知らない歌があると知りたくなるのだろう。俺もちゃんと聞きたい。

ジュンヤは俺をチラリと見上げ、なんと答えるべきか悩んでいるようだ。「異国から来た」で良いと頷く。教えて欲しい、歌って欲しいと食い下がる吟遊《ぎんゆう》詩人に、ジュンヤは誰も知らないから恥ずかしいと断り続ける。

「俺も聞きたい」

無意識に言っていた。普段は簡単に本音は口にしないのだが、口をついて出てしまった。

俺の一言で皆が聞きたいと更に騒ぎ出す。おかげで、どうしても歌わなければ終わらない空気になってしまった。ジュンヤは持っていた酒をグッと飲み干し、意を決して歌い出した。


いつまでもそばにいられると思っていたのに、今はもうその願いは叶わない。

あなたを愛したことに後悔はないから、その思いを胸に生きていく。

もう一度あなたにキスできたら良いのに……


そんな意味の歌だった。一人家族からも離れ、愛する人もいたかもしれない。命を投げ出すような任務にもついていた。美しいメロディと歌声には、ジュンヤの郷愁と悲哀が籠《こも》っていた。

目尻にうっすら涙が浮かんでいるが、見なかったことにしておこう。

歌が終わった時、しばらく言葉が出なかった。俺達の反応に期待を裏切ったと勘違いしたのか、ジュンヤは気まずげな表情でまた酒を飲み干した。

ハッと我に返った俺達は、拍手と、口々に感動を伝えた。さっき泣いていた騎士はもう号泣で、ウォーベルトは無言で泣いていた。お前、怖すぎる。ジュンヤが焦って涙を拭いてやっていた。

そうして無事お開きかと思いきや、少々面倒臭い事態となった。

「お〜れ〜は〜よってまへ〜ん！　まだ飲む〜！」

ジュンヤがフラフラで歩けないため、右手で脇を抱えるように支えて歩く。フードを何度も取るので、ウォーベルトが後ろに待機して、取るとすかさず被せていた。忙しないな。ノーマと話し合い騎士棟に泊めるかという話をしたが、とにかく馬車まで行かねば。

「ダリウスは年下なのに頼りになるなぁ。でっかいし！」

すると、ジュンヤが突然俺の腹筋をベシベシ叩いてきた。まぁ、痛くもかゆくもないのだが、問題はその後だ。抱きついてきたのだ。

「おい、ジュンヤ。何してる」

「ん〜？　なんかさみしいなって」

意味が分からん！

自分で歩くのも怪しくなってきたので横抱きにしたほうが速い、と抱き上げる。なんだか騒いでいるが、こんな酔っ払いへの返事は適当にしておこう。

抱いたまま歩いていると、ふいにジュンヤが熱っぽい息を吐いた。そして、とろんとした目で、とんでもない爆弾を落とす。

「早く帰ろ……？　エッチしたい……」

誘うように囁《ささや》かれ、俺はジュンヤの顔を凝然《ぎょうぜん》と見つめた。瞬間、血液が沸騰したかと錯覚するほど、体が熱く昂《たかぶ》った。勢いよく下肢に欲望が溜まっていくのが分かる。これはまずい、危険すぎる。

「――お前ら、走るぞ」

俺が指示すると、全員が全力で走り出した。

どうやら皆、俺と同じ状況らしい。走らないと直らんよな、分かるぜ。

待たせていた馬車に放り込んだが、ジュンヤはまともに座れないので俺の膝に乗せる。

ノーマもこれはまずいと思ったようで、騎士棟に泊まるのは確定になった。さて、一人部屋は空いていたか？

「騎士棟に泊まるの？　俺、一人で寝られる？　かえりたい」

やけに一人部屋に拘《こだわ》るな。

気になって追及すると、ジュンヤは俺の首にしがみついて、耳に口を寄せた。

「……一人でシたい」

ゴホッゴホッ!!　おい！　なんだこの危険生物！

一人部屋は良いが、万が一、部屋をフラフラ出たりしたら喰い荒らされるぞ！　それはダメだ!!

俺の気持ちも知らずにこいつは……危なくて一人にはできないな。俺が監視するか。

騎士棟に着いたが、入り口から俺の私室までかなりある。また横抱きにして歩くと、団員達がジュンヤを凝視《ぎょうし》している。

ああ、そうだよな。真っ赤な顔で可愛く笑って、しかもいやらしいよな。抱くほうから見たら完璧なご馳走《ちそう》だよな。

見るんじゃねぇ！　と、俺は周りを威嚇《いかく》しつつ歩く。

なのにこいつは俺の頭を撫でて、髪に指を絡ませてくる。

喰われたいのか、そうか、喰ってやろうじゃねぇか。ここまでされて喰わない男はいないよな？

俺の私室についたが、なぜかウォーベルトとラドクルトがついてきていた。もう下がれと命じた俺に、ウォーベルトが恐る恐る声をかける。

「だ、団長。あの」

「なんだ？」

遠慮がちに「良いです」と言うので私室へと戻らせた。

心配するな、最後までする気はない。さて、俺はこれからデザートの時間だ。

ジュンヤをベッドに放り投げ、マントとベストをサッサと脱がせ放り投げた。

靴とズボンも脱がせ、自分の装備もテーブルに投げる。よく引き締まった蜜色の脚が露わになった。細いがしっかり筋肉がついた美しい脚だ。

俺はシャツと下着になった体に迫る。

「やだ。一人になりたいっ」

「で、一人でスルのか？」

「いいじゃん、シたって」

「手伝ってやる」

「え？」

その時のキョトンとした顔が可愛くて仕方なかった。

俺が覆い被されば、もう逃げることはできない。下着の上からジュンヤの陰茎を握ると、既に芯を持ち始めていた。

「おれ、シないから。男とシたことないし。やだ」

そんな可愛いことを言われて止められるかっての。

無理だと言うのを宥《なだ》めながら、嫌々と身をよじる体を押さえて、下着の中に手を差し入れた。僅《わず》かに芯を持った陰茎をゆるゆると扱《しご》いてやる。

するとあっと言う間に硬くなり、鈴口から丸く雫《しずく》が溢れた。

「抜いてやるだけだ。心配するな」

「ほんとに、いれない？」

「挿れない。気持ちイイ事だけしてやる」

すっかり勃《た》ち上がった陰茎から溢れる蜜を纏《まと》わせながら扱《しご》くと、ジュンヤは気持ちよさそうに「あ、あっ」と嬌声を漏らした。

その甘い声を聞いていると、ずくりと下肢に熱が溜まってくる。思わず自分の前言を撤回したくなるが、怖い目には遭わせたくない。絶対最後まではできないから、耐えなくては。

「怖くないから、任せろ」

今まで、こんなに優しく抱いたことがあるだろうか。

軽いキスを繰り返すと、ジュンヤがうっとりと目を潤《うる》ませ、やがてねだるように唇が開いた。遠慮なく舌を差し入れると、それに応えて舌を絡ませてきた。

良かった。嫌がってはいない。

キスの合間に下着を剥《は》ぎ取り、俺も脱いでもう一度覆い被さる。ジュンヤのモノと俺のモノを纏《まと》めて握ると、ジュンヤが目を開けてその様子を見た。

「まって！　い、いれないよね？　ムリムリッ！」

確かに俺のモノは他人と比べても長く太い。

処女にはいきなり入らないのは分かっているし、ジュンヤとは最後までしてはいけないのだ。そのことをエリアスに密かに知らされていなければ、きっとこのまま抱いていただろう。

だから、その手を導いて握らせると、ジュンヤはおずおずと両手で扱《しご》き始めた。先端をこねるように弄るのが好きらしい。普段こうして自慰しているんだな。

ニヤリとしつつ、俺は根元側をジュンヤのリズムに合わせて扱《しご》く。

イキそうだと涙目で訴えてくるのが可愛くて、噛みつくように唇を奪った。

奥まで突き入れて、グチャグチャにして泣きながらイかせたい衝動を、唾液を送り込み、飲ませて抑える。

「飲んでくれ」

たっぷり送り込んだ唾液を、蕩《とろ》けた顔でゴクリと飲み干すのを見て満足する。本当に飲ませたいのは別のモノだが、今はこれで我慢だ。

すると、ジュンヤがまだキスをねだるように舌を差し出してくる。

「イキ顔見せてくれ」

俺は顔をジッと見つめながら、ジュンヤの陰茎を性急に擦《こす》り上げた。ジュンヤは汚してしまうと喘《あえ》ぎながら、背を反らして白い蜜を迸《ほとばし》らせる。

だが、まだ俺はイッていない。どうするか、一人で出してくるかと逡巡《しゅんじゅん》していた時だった。

「ダリウス……これ……」

少し正気に返った様子のジュンヤが、俺のモノに手を伸ばした。ならば、遠慮なく。

横を向かせ後ろに回る。足を閉じさせると、少し抵抗した。

そんなの入らない？　そんなセリフは煽《あお》るだけだ。

絶対にやめねーからな。挿れねーって言ってるだろ！　ブチ込みたくて堪《たま》らんがな!!

今日は挿れない。そう言って、香油を塗りたくり、腿《もも》の間に己を滑り込ませた。

体をピッタリ密着させ、丸く形のいい尻の狭間を楽しむ。

この奥に、いつかブチ込んで俺だけのものにしたい……孕《はら》ませたい……

首すじを舐《な》め、吸い上げる。なんて滑らかな肌だ。挿れずに我慢するんだ、これくらい良いだろう。いくつも痕《あと》をつけてやる。

うなじと背中に気が済むまで所有印を刻む。だが、俺のものではない……まだ……

シャツを捲《まく》り乳首をこね、爪で先端を引っ掻き刺激する。ジュンヤは初めて乳首を愛撫されたのか、うなじまで赤く肌を染め、嫌々と首を横に振る。

あー可愛い。なんでこんなに全部可愛いんだ。これで年上とかないだろ。

俺は今まで、自分から乗ってくるか、奉仕を喜ぶような奴ばかり選び、初心《うぶ》な相手は避けてきた。だから、こういった反応はかなり新鮮で、欲情する。

嫌々と言いながら、徐々に乳首も快感を拾いだし「あんっ」と啼《な》き始めた時は可愛くてイキかけた。

ジュンヤも限界が近いのが分かる。細い腰をガッチリと抱え込み、ジュンヤのモノの裏スジと会陰、後孔に引っ掛けるようにカリで突き上げる。

グチュグチュと水音がいやらしく、次第に俺のタイミングに合わせジュンヤが腰を揺らす。俺は燃え上がり、猛然とピストンを繰り返した。

パンッパンッと肌がぶつかり合う乾いた音が響く。そして、二人で一緒に昇りつめる――

俺は衝動的に、ジュンヤの胸と乳首に、飛び散った二人分の精液を塗りたくっていた。まるで俺がイかせたことを刻みつけるように。

その後、ジュンヤは疲れと酔いとが重なったのか、あっと言う間に夢の国の住人になっていた。

正直に言うと、あと三回は軽いくらいの充実感で力が漲《みなぎ》っていた。既に二回目を望む俺自身はガチガチだが、しでかしたことの後始末をしなくては……

最初はここまでする気はなかった。抜いて鎮めてやるつもりだったのだ。だが、これまでにないほど燃えてしまった。あのエロ攻撃に良く耐えたと褒められてもいいと思う。

湯とタオルを持って戻り、精液まみれのシャツを脱がせる。

ヤバイ……エリアスとエルビスに殺されるかもしれん。いや、まぁ、最後までしてねぇから処女だ。うん、大丈夫だろ。

今更ながら、多分惚れつつある王子様と、完全に傾倒している腹黒侍従を思い浮かべた。

俺が乳首に塗りたくった精液も拭う。綺麗なピンク色だ。弄られたことなんかないんだろう。さっきは舐《な》めなかったな。舐《な》めておくべきだった。ちょっとだけなら良いよな。

俺がピンッと尖《とが》った乳頭を口に含んで転がすと、ジュンヤは可愛く喘《あえ》いだ。いかん、これ以上はマズイ。イタズラを楽しみながら全身を清めたものの、悩んでいた。

こいつのシャツも下着もグッチャグチャのデロンデロンにしてしまった。そしてこの騎士棟のどこにも、こいつが着られるサイズの服などない。裸で寝かせたら俺のオレが我慢できないだろう。そこで、自分のシャツを着せてみた。

――これは正解なのか？

両肩はずり落ちて細い肩は丸見えだし、シャツのはずなのに膝上まで隠れる。下穿《したば》きはムリだからこのままだな。我ながら素晴らしくエロい仕上がりにしてしまった。

良い出来だが、殺されそうなのはキスマークだな……エリアスには黙ってればバレないが、エルビスが……

昔からすぐ近くに奴がいた。二つ年上のエリアスの侍従は、ほんの子どもだった時から無言の圧や水魔法で氷まで飛ばし、俺達の悪さを諫《いさ》めてきた。昔負けまくったので今でも苦手な奴だ。黒歴史を暴露しようとするしな。

まぁ、殴られはするかもしれんが刺されはしないかと考えるのを止め、浴室で一発抜いてからジュンヤの隣に滑り込んだ。

明日からはまた神子《みこ》の護衛だ。次はいつ会えるだろうか。

クン、と髪と首すじの香りを楽しみつつ、俺はジュンヤの温もりを抱きしめて眠った。

◇

ダリウスとの一件の翌日。

エルビスから、次、城外へ出かけられるのは五日後だと伝えられた。そんなペースじゃいつまでも城から出られないんじゃ……

やっぱりダリウスの都合がつかないんだろうな。もう、ダリウスチェンジ！　うちの護衛ズで良いじゃんか。あーあ、実地研修が足りないっての。

今日のバレット先生の授業は休みで、明日になった。調整してくれたらしい。ずっとバレット様、と呼んでいたが、教師と生徒なので先生と呼ぶようにする。

そして、なぜかエルビスは歩夢君のところへ向かった。俺は時間が空いたので、調理場でカレーを作るべくスパイスを調合することにした。すると、にわかに周囲が騒がしくなった。——なんだ？

「お待ちください！　エルビス様が戻るまで、お待ちを!!」

あれはヴァインか？　なんだろ？

首を傾げていると、食堂のドアが開いた。

現れたのは、以前俺が庭で襲われそうになった聖職者と同じ格好をしている男四人だった。なぜか剣を持っている。——一難去ってまた一難？

「お前がジュンヤだな？　来てもらおう」

「なんのご用でしょう」

「答える義務はない。黙ってついてこい」

「神殿からの呼び出しがあるなど聞いていない。確認させてもらおう」

近衛騎士のラドクルトが、厳しい表情で彼らの前に立ちはだかった。

それにしても、この人達、また黙ってついてこいとかどれだけ俺様なんだ？　だけど、二度目だし、今回は逆らえないんだろうな……

「供を連れて行ってもよろしいでしょうか」

「ジュンヤ様!!」

ヴァインとラドクルトが愕然《がくぜん》とした顔で俺を振り返る。一方、聖職者は傲然《ごうぜん》と頷いた。

「……良いだろう、一人だ」

「もう一つ」

「ダメだ」

「神子《みこ》様の食す料理の下ごしらえをしておりました。私の作る物をご所望だとか。他の者に任せて良いところまで作ってからでも良いでしょうか？」

男はしばらく考えていたが、神子《みこ》様の名前を出したので結局は了承した。

その場に居合わせた料理人がエルビスに知らせに走ったが、間に合うかどうか。

俺はなるべく時間をかけてスパイスを調合しカレー粉を作った。ついでにパンも仕込んだ。ナンっぽい感じで。後はよろしくと頼んでから、エプロンを取る。

俺は覚悟を決めて、聖職者達に向き合ったのだった。

◇

えっと……俺、丸腰状態です。繰り返しますが丸腰です。武装したことは一度もありません。

なのに兵士に前後左右、完全包囲されてます。

ヴァインが後ろからついてきてくれるのだけが、唯一の救いだ。

離宮の正門前に馬車が二台あり、一台には窓枠に格子が嵌《は》め込まれている。その格子の嵌《は》められた馬車に、俺とヴァイン、兵士一人が乗る。彼らはずっと無言。無表情。

怖くなって、ヴァインの手を強く握ってしまった。ヴァインはハッとした顔でこちらを見て、安心させるように頷いた。

移動時間が長い気がしたが、気持ちの問題かもしれない。ようやく到着したのは神殿だった。

馬車を降りたら、また兵士達に取り囲まれる。

戦わないから大丈夫です！　召喚された時、暴れたのが全ての元凶なのでしょうか。

先導され神殿へ入ると、神官がたくさんいた。隙間からこちらを窺《うかが》う視線に背筋を冷やしつつ、どんどん奥へと進み、やがて立派な扉の前に辿り着いた。

「そこで待て」

そう指示されて、俺を連れてきた男は扉の中に入っていく。男はすぐに出てきて、俺を促し入室した。

「なぜだ！　私はジュンヤ様の侍従だぞ！」

突如、ヴァインが声を荒らげた。驚いて振り向くと、彼は入り口で兵士に止められていた。

え、陛下の謁見《えっけん》でも侍従のお供は許されてたのに、ここは俺一人なの？

「ヴァイ……」

手を伸ばそうとしたが、兵士が俺の腕を掴んで、無理やり引っ張る。部屋に入れられるや否や、素早く扉が閉められた。

ヴァインが怒鳴っていたのに、扉を閉めた途端音が消えた。——何か細工があるんだろう。

ついてきたのは早計だったか？

せめてエルビスが戻るまではと料理をして時間を稼《かせ》いだが、結局間に合わなかった。

ゾクリと寒気がしたが、もう逃げられない。俺はグッと気合いを入れ直し、前を向いた。

目の前には、白地のローブを纏《まと》い、百合《ゆり》の紋が描かれた帽子を被っている白髪の老人が座っていた。更に数人、同じような年代の神官達が控えていえる。

雰囲気からして、全員偉い人なのは間違いないだろう。とりあえず、挨拶だけはしておくべきだ。

「お初にお目にかかります。ジュンヤ・ミナトでございます」

「こちらは、大司教のジェイコブ様だ」

俺が頭《こうべ》を垂れると、傍で控えていた兵士が老人を紹介した。

「ジェイコブ様、お呼びにより参上いたしました」

——無理やりですけどね。

「此度は急な呼び出しですまなかったな」

大司教が怜悧《れいり》な眼差しで、鷹揚《おうよう》に頷いた。全然悪いと思ってないのをひしひしと感じる。

そしてさすが大司教様、低音で威厳のある声だ。

「お前には、今後こちらで生活してもらう」

「えっ!?」

彼の言葉に、俺は思わず声を上げてしまった。

聞いてませんよ！　てか、俺を早く追い出したいのでは？

震えそうになる声を抑え、必死で平静さを保つ。

「それは、陛下のご意向でしょうか？」

「そうだ」

それだけ？　説明は？

「どのような理由か、お尋ねをしても？　それに、私には毎日神子《みこ》様のお食事をお作りするという役目がございます」

「神子《みこ》へ献上する食事に関してはこちらで作れば良い。必要なものは用意させる。だが、そなたには仕事をしてもらうので、これから数日分を調理したのち彼らに同行せよ」

「……どちらへ参るのでしょうか」

「そなたが知る必要はない。そなたの侍従にそれについて話すことを禁ずる。供も許さぬ。万が一話せば、その侍従を処分する」

「処分、とは」

「そなたの話は聞き及んでおる。聞いてはならぬことを聞いた者がどうなるか、分からぬ頭でもあるまい」

それだけ言うと、大司教様は隣に控えた神官達に合図し、俺を部屋から追い出した。

「ジュンヤ様!!　大丈夫ですか!?」

すかさずヴァインが駆け寄ってきた。ごめん、心配だったよね。でも、俺、これからもっと謝らなきゃいけなくなるな。でも、今は……

俺はニコッと笑ってみせた。

「大丈夫だよ、大司教様は会ってみたかっただけみたい。でね、ちょっとここでも料理をすることになったから、先に離宮に戻ってくれるか？」

「ダメです！　私はお傍を離れません」

「じゃあ、作るのを手伝ってくれるかな？　良いですよね？　こちらの人達は手順などお分かりにならないと思うので」

俺は振り向いて、一緒に出てきた神官に確認する。

「良いだろう。ただし、神兵に見張らせるぞ」

「構いません」

ヴァインは素早く了承した。ごめんね、見張られるの嫌だよな。それに……俺……一緒にいられなくなるのかも。

再び周囲を囲まれながら、神殿の厨房に移動する。

俺は用意された食材を見て、頭を抱えたい衝動に駆られた。肉がないだとぉ⁉　神官は菜食主義なのか⁉　どうしよう、精進料理は未経験だ。

「お聞きしたいのですが、肉類は禁止なのでしょうか」

「神兵は肉を食べるが、神官は食べない。ここは神官用の厨房だから肉はない」

鎧《よろい》を着ている人達が神兵か。そっちの厨房が良いんだけどな。

「神子《みこ》様は肉を好まれますので、肉類が欲しいのですが」

「……しばらく待て。神兵側の厨房が使えるか確認する。ここは殺生禁止だからな」

そう神官がすげなく答えた。

なるほど、そっちに行けたらいいな。材料は肉以外同じなのか？

チラッと調理台の上に広げられた材料を見てみる。レモン、菜種油、じゃがいも、トマト、ピーマン、玉葱《たまねぎ》。そして調味料がいくつか。その中の一つを軽く舐《な》めてみる。

オイスターソース風だけど、牡蠣《かき》は使えないはずだから、野菜ベース？　発酵食品だろうか？

美味しいじゃないか。なんでこの国、良いものが揃ってるのに味つけがどれも微妙なんだ？

せっかくなので、ある物で調理に取りかかる。トマトを湯むきしてタネを取り、潰して煮詰め、オイスターソース、砂糖や塩、スパイスでピザ風ソースを作る。

それからピーマン、玉葱《たまねぎ》をスライスする。とりあえずシンプルにいく。

ここの料理人に最初に指示しておいたピザ生地を伸ばす。パンと同じ材料の生地だから硬いかもしれないけど、この国の人なら大丈夫だろう。ソースはちょい強火で水分を飛ばす。

それにしても、ヴァインがいるから助かるな。料理人達への指示もスムーズだ。


「何をしている」

そこへ先程の神官が現れた。訝《いぶか》しげな表情で、調理台の上を見つめている。

「見ての通り、料理をしておりますが」

「あちらで作業するのだろう？」

「せっかくですから。こちらの方達にも菜食者向けメニューをお作りしました。あ、ソースができたのでお待ちを」

素知らぬ顔で、ささっと生地にソースを塗り野菜類を盛りつけ、竈《かまど》に入れてもらった。

「神官様も是非ご試食ください」

「いらぬ。行くぞ！」

「神子《みこ》様には肉入りですが、普段お出ししているものとほぼ同じでございます。是非、神子《みこ》様もお喜びになるピザを召し上がってみてください」

「……」

俺のセールストーク効かないか？　みんな大好き神子《みこ》様のピザだよ！

そうこうしているうちに、ピザ生地の焼ける香ばしい香りが辺りに漂い始める。すると、誰かのお腹からグゥゥ～と腹の虫が鳴った。

ふっふっふ。とりあえず食うがいい！

大きなベジタブルピザを切り分けて配る。腹の虫が素敵なハーモニーを奏でているのに、睨んでなかなか口にしない人達。

俺とヴァインは、わざと大口で食べて美味いな！　と騒いでみせた。

神官が小さく一口食べると、他の人達も続いた。もしかして神官待ちだったのか？　でも、神官からの感想はない。――ないが全て食べきった。

神兵達は任務中だから食べてはいけないらしく、残っているピザを凝視《ぎょうし》している者もいる。あなた達には肉入りで出してやれるよ？　あればだけどな。

「……行くぞ」

神官がキッと俺を睨んで厨房の出口に向かう。感想なしかよ、食べといてスルーかよ。

「いかがでしたか？」

「悪くはない」

笑みを浮かべつつ尋ねると、神官は目を合わさないまま口早に告げた。

ええ、今はそれで十分ですとも。

俺は内心ほくそ笑んで、神官の後についていったのだった。


神兵用の厨房に辿り着くと、食糧庫を漁《あさ》り、再びピザを作り始めた。

今回はサイコロ状に切った肉とチーズも載せる。

それにしてもおかしい。なぜ俺はあちこちで飯を作ってるんだ。確かに料理人という手もあるが、
俺は目指せ大商人！　なのだ。

そもそも、数日分を作ったところで保管できるのだろうか？　そういえばマジックバッグって時間を止められる入れ物があったな。あれに入れとけばいいか。

俺は黙々とピザを作り続けた。しかし、途中で材料が足りないことに気づく。

そこで、ずっと近くで俺を監視し続けている神官に向き直った。

「あの、神官さんのお名前を教えてくださいますか？」

「なぜだ」

「こちらには神官さんがたくさんいらっしゃるので、呼ぶ時に不便です」

この人はまるで機械みたいに話すな。まあ、機械は不機嫌になったりしないけど。

「――マテリオだ」

「ありがとうございます。マテリオさん、食材の種類が足りないのですが」

「これではダメか？」

「二日分なら同じ食材で作れますが、もう少し材料がないと四日分は作れません。調味料など離宮に置いてあるものもありますし」

「調味料は侍従に取りに行かせるがよい。食材は必要な物を買いに行かせる」

マテリオさんは俺の問いに対し、不愛想に答えた。神官はみんなこうなのだろうか。大司教様も同じ調子だったな。

「すぐに買いに行かれるのですか？」

「そうだ」

「ご一緒してもよろしいでしょうか」

「駄目に決まっている」

「適した物かどうか確かめたいのです」

俺は神官に食い下がった。ついにマテリオさんも折れ、彼と神兵達も同行することを条件に買い出しに行くのを認めてくれた。

その後、どうにか貴族街のすぐ近くにあるマーケットまで出られた。ヴァインは心配しながらも離宮に調味料を取りに行っている。

俺は神官見習い用の白いフードで姿を隠された。

「早く決めろ」

急かされながら欲しい物をいくつか買い足す。後ろをグルリと囲まれているのだが、流石《さすが》にその様子は異様なのか、ヒソヒソと話し声が聞こえる。

そりゃそうか。見習いをこの人数で囲んでいるんだもんな。

しかし、なんだろう……それとは違う視線を感じる……

ふと違和感を覚えて振り返ると、神兵の隙間からこちらを見ている男と目が合った。

フードを被った隙間から見える灰色の肌と、ルビーとグリーンが入り混じった瞳は、美しく鮮やかなのに、なぜかドロリと淀《よど》んで見えた。

ゾクっと寒気が走る。俺は慌てて背を向けて、食材を選ぶふりをして気を紛《まぎ》らわせた。

一瞬で目しか見えなかったけど、良くない感じがしたな。気を引き締めていこう……

食材を買い込み、神殿に帰ると、明日の仕込みをして今日の作業は終わりとなった。

「お前の部屋に案内する」

「どういうことです？　ジュンヤ様は離宮にお送りします」

ヴァインがマテリオさんに詰め寄った。

しかし、今回は上からの圧力が大いにかかっている。下手をすればヴァインにも危害が及びかねない。彼には申し訳ないが、ここは素直にマテリオさんに従うべきだろう。

「もう疲れたし、泊めてもらおうかと思ってる。ヴァインは戻って良いよ」

「ジュンヤ様」

ごめん、何も言えないから戻ってくれ。

「では、侍従もこちらに滞在するがよい」

「えっ？　良いんですか？」

「構わん。同室は禁ずるが」

ヴァインは引きそうにないからな。明日もあるからオーケーしてくれたのかもしれない。

その後俺達は、指示された部屋に通され、各部屋で夕食を取る羽目になった。

因《ちな》みに、ドアは外から鍵《かぎ》が掛かっていました。暴れたいくらいだが、日本人は耐える民族なのが悲しい。キレてもドアは開かないしな。

次の朝、部屋から出され、周囲を見回してもヴァインはいなかった。彼のもとに行こうとしたが後にしろと言われ、渋々調理場へ向かった。

必要な日数分の料理ができたので、今度こそヴァインのところに行こうとしたが阻止される。なぜだ？

不審に思い顔を上げた瞬間、後ろから口元に何か当てられた。薬草の香りが鼻を掠《かす》め、そして目の前が暗くなった。

◇

ガタガタと体が小刻みに揺れている。頭がボンヤリとしていて、目は開いているが焦点が合わない。——俺は横になっているようだ。

徐々に意識がはっきりし始め、ここは馬車の中だと分かった。先日乗った物より、遥かに大きな馬車だった。

カーテンが閉まっていて、外は見えない。そして、手枷《てかせ》がつけられている。両足首にもガッツリ革製の枷《かせ》が。もうキレても良いですか？

静かに怒っていると、向かいに座っているのがマテリオさんだと気がついた。

「目が覚めたか」

「コレの理由を伺《うかが》いたいですね……」

怒りにより声が低くなるのは仕方ない。怒鳴るのを我慢しているのだ。

マテリオさんは目を眇《すが》め、ふっと鼻で笑った。

「逃げるだろう」

「そんなことをした覚えは一度もございませんが。それより私の侍従はどこへ？」

「アレは離宮へ帰らせた」

「無事なのですか？」

「保証する」

冷静に考えて俺は今、無理やりどこかに連れ去られている。ヴァインがそれに気づかないはずがなく、最悪暴れて暴力でも振るわれないか心配だったが……無事なのか。今はその言葉を信じるしかない。

「これから、どこへ行くんですか？」

「……試さねばならぬことがある」

「ちゃんと理由を仰ってくだされば、お手伝いするのもやぶさかではありませんよ？」

自分でも好戦的な物言いをしたと思う。案の定、マテリオさんは俺をじろりと一瞥《いちべつ》し、黙り込んだ。言う気がないのか、言うのを迷っているのか……

「これから、馬車で一日かけてとある場所へ行く。場所を知ることは許されていない。お前は黙ってついてきて、到着後指示に従え。以上だ」

それきりマテリオさんは黙り込んだ。

多分、昼近くまでは神殿にいたはず。今は何時だろう。

分厚いカーテンが引かれて外の様子は見えない。馬車内は魔石のライトでぼんやりと薄明るく、昼なのか夜なのかも分からない。

暇すぎるが、気を抜くのも怖い。

少しでもヒントを……とカーテンに伸ばした手を、ピシャリと叩かれた。

「痛っ！」

「……」

手を叩いた張本人を睨みつける。マテリオさんの冷徹な眼差しがこちらを射貫いており、俺はふいっと顔を逸らした。

くっそ、こいつ嫌い！

不貞腐《ふてくさ》れた俺は、馬車の中を細かくチェックして暇つぶしすることにした。

あれ、よく見たら奥にパーテーションがある。俺がいるのも簡易ベッドみたいな作りだし、今流行りの観光列車みたいなベッド付き馬車なのか。装飾も悪くないし牢獄《ろうごく》コースではなさそうだ。俺の立ち位置が分かれば対応できるんだが。

そういえば俺、召喚された当初もこうだった。

短期間だったけど枷《かせ》をつけられて監禁。次は軟禁。今度は拉致《らち》監禁。

あれ？　人としてあってはならないコンボ決めてますよね？　……おまけって辛いな。おまけにも人権があってもいいんじゃないか⁉

チラッとマテリオさんを見たら、本を読んでいた。おい、狡《ずる》いぞ！　俺だって暇だよ！　なんか寄こせ！

「マテリオさん。俺にも何か本を貸してくれませんか？　退屈で」

「これは神子《みこ》神話だ。お前にはつまらないだろう」

「いや、読みたい。なんか貸して。暇で死にそう。着くまでまだ時間がかかるんだろ？」

もうタメ口で良いや。こんな扱いをされて下手に出るのも馬鹿らしい。

すると、マテリオは急に口調が変わった俺を食い入るように見つめてきた。しばし馬車の中に重い沈黙が流れる。

俺がダメかな～と諦めかけた時、彼は立ち上がってパーテーションの奥に行った。そして、誰かと話した後で戻ってきた。その手には一冊の本がある。

「初代様と二代目神子《みこ》の伝記とされている。学んで神子《みこ》の力になるが良い」

「ありがとう」

なんでも良いよ、時間潰しになれば……ふむふむ。ナオマサさんの話で始まるのね。前読んだ本より、詳しく書いてあるみたいだな？

◇漆黒は舞い降りた　カルタス建国記

『苛烈なる戦士　ナオマサの物語』

群雄割拠《ぐんゆうかっきょ》の時代、バルディアは小国の一人の将に過ぎなかった。

当時の王は様々な地域から集めた奴隷を虐《しいた》げ楽しみ、暴虐を極めた。オルディス河を守る神メイリルの神殿さえも蔑《ないがし》ろにし、山の神ラジートの祠《ほこら》は壊された。

その上、国民も重税に喘《あえ》いでいた。

バルディアは奴隷解放、国民の解放を掲げ、軍を離れた部下と共に奴隷解放活動を行った。一部の奴隷を解放したものの、その道のりは困難を極めた。次々と倒れる味方を前に、奴隷解放を断念し新しい国を作ろうと説得する者達も現れ、仲間は少しずつ分裂の危機にあった。

泉で野営中、神樹ロウインが一斉に薄桃色の花を咲かせたかと思うと水音がした。すわ敵襲かと皆が剣を取った。

しかしそこには、今にも溺《おぼ》れそうな男が一人いるだけだった。

バルディアは泉に飛び込んで男を助けた。

男はバルディア達より遥かに小さく、変わった甲冑《かっちゅう》を纏《まと》っていた。男は礼を言い、助けられた恩義を返したいと言った。男が持っていた剣は細長く反りがあった。

「とてもそんな剣では戦えぬ」と笑う彼らの前で、男はその剣で丸太を一刀両断にしてみせ、不敵に笑ったという。

三角の黒い兜《かぶと》には角を生やし、胴鎧《どうよろい》は黒く、いくつもの板が重なり合い赤い紐で繋げてある。手甲とすね当ても同じ意匠で、まるで美術品の様相を呈していた。

しかも、兜《かぶと》を脱ぐと溢れてきたのは漆黒の髪だった。

黒水晶の如き漆黒を持つ生き物を、それまで誰も見たことがなかった。吸い込まれるような黒い瞳と、濡れて艶を増した髪は妖しく光っていた。

その後、奴隷の話を聞いた男は激怒し「モノノフならば弱き者を守るべし」と檄《げき》を飛ばした。男はナオマサと名乗った。その檄《げき》は、弱った心を奮い立たせ再び剣を取る力を与えた。

また、戦いぶりは苛烈極まり、一刀のもとに敵を薙《な》ぎ倒すのだった。

やがて解放された奴隷達も自ら立ち上がり、兵士と共に勇敢に戦い死んでいった。

血と泥と涙に塗《まみ》れながらも、圧政を強いた王の首を一撃で落としたのは、ナオマサの妖しく輝く刀だった。

バルディアを弑逆《しぎゃく》の禁忌から逃れているために己が殺したのだろう。後に仲間達はそう語った。

バルディアは統率力のあるナオマサを国王に据えようと考えていたが、「己が国は自国民が治めるべし」と断られた。

その後カルタスを建国したバルディアが王となり、ナオマサはその補佐を務め支えた。奴隷の身分をなくし、全ての国民が平等たれと粉骨砕身した。

また、神殿や祠《ほこら》の再建にも努めた。

現在のカルタスに人種差別がないのは、彼等の尽力によるものである。バルディアはナオマサとの婚姻と子を望んだが、ナオマサは否と言い続けた。

しかし、二人は常に互いを支え合い、固い絆で結ばれていた。

バルディアは結婚し子を数人儲《もう》けた。しかし、ナオマサが病に倒れ先立つと、成人した我が子に国を任せ、離宮でナオマサを弔《とむら》いながら余生を暮らした。

バルディアはその後、瞬《またた》く間に弱り、ナオマサの後を追うようにこの世を去った。

彼は遺言で、死した後はナオマサの隣にと言い残していたため、隣に墓が作られた。

場所は現在の大神殿の泉の横に生える、今でいう神樹の傍である。そこは二人が初めて出会った場所でもあった。

二人が同じ場所に眠った次の日の朝、神樹に薄桃色の花が咲き誇り、僅《わず》か一日で散り落ちた。

人々はようやく二人が結ばれたのだと滂沱《ぼうだ》の涙を流しながら祝福し、その愛の物語は吟遊《ぎんゆう》詩人が語り継いだ。


『慈愛の神子《みこ》　マスミの物語』


ナオマサ亡き後。既に神話の如く扱われ、おとぎ話として人々は語っていたが、神官達は漆黒の救い手を忘れてはいなかった。

いつか再び現れると信じ、ナオマサが降臨した場所を守り、魔導士と共に召喚魔法を試し続けていた。

いつしか数多《あまた》の時が経ち、神殿は形骸化しつつあった。

一部の熱心な神官や魔導士だけが救い手の伝説を語り継ぎ、先達の伝えた魔法を守っていた。

しかし、年々オルディス河や泉は濁《にご》り、人々は病に苦しみ続けた。

苦鳴を上げるカルタスの国民は、漆黒の救い手を求め、日々神殿に通い降臨を祈り始めた。

黒髪の救い手を信じ続けていた神官達は、祈祷し続けていたが叶わず、虚しく日々が過ぎていた。

しかしある朝、伝説の大木が桃色の花を咲かせた。

神殿と魔導士は奇跡を信じて発明した魔法陣を起動した。すると魔法陣に人影が浮かんで消え、泉の警備兵が大声で騒ぎ始めた。魔法陣に映ったのはあくまでも影であり、救い手は泉に落ちたのだ。

幸い泉の隣で儀式を行なったので、当時の王トーラスが泉に飛び込んで漆黒の救い手を助けた。これ以後、大木は神樹と呼ばれることになる。

救い手はマスミと名乗り、メイリル神からこの国を救うよう頼まれたと語った。

マスミはナオマサ同様、漆黒の髪と瞳を持ち、短い髪はふわりと柔らかだったと伝えられている。

メイリル神の遣いであるマスミは、この時から神子《みこ》と呼ばれるようになったのだった。

マスミは戦うことはできないが、その御手で触れると温かい力が流れ込み、病を癒《いや》した。

また、オルディス河の淀《よど》んだ水の原因が、度重なる水害の後、水底に沈んだ物質であることを突きとめ、マスミのみが持つ浄化の力を振るうと共に灌漑《かんがい》工事に着工した。

現在王国に張り巡らされた水路は、マスミの設計によるものだ。

行く先々で病を癒《いや》し、工事を指示する中、トーラスと愛し合い二人は結婚した。

この後生まれた子供達は、現在の王家の先祖である。しかし、黒を纏《まと》い生まれる子はいなかった。

バルディアとトーラスは、金に輝き星をちりばめたような瞳を持っていた。それゆえ代々この瞳を持つ者がカルタス王国の王となった。

二人が降臨した泉のあるメイリル神殿は拡大し続け、現在は大神殿として最も崇拝されている。

◇

なんか……神子《みこ》様って壮大なスケールで活躍するんだね。

歩夢君、超プレッシャーじゃん!!　お兄さん心配だぜ。あのノリで大丈夫なのか？　それと泉に落ちなかったのは改良してくれたのか？

とにかく、この物語を読んで分かったのは、ナオマサさんと、マスミさん、どちらも役目が違うということ。

一人は差別をなくし国を纏《まと》め、もう一人は人々を癒《いや》し豊穣《ほうじょう》をもたらした。

だから、今回だって必ずしも、歩夢君の役目が浄化だとは言えないのか？　実際、水害は民がもがき苦しむような事態にはまだなっていないようだ。もしかしたら、他に役割が……？

俺は、本を開いたまま考えていた。最初に来たナオマサさんは恐らく武将。カリスマ性を持っていて初代国王と奴隷制度をなくし、メイリル神とラジート神の祠《ほこら》を守って国の礎《いしずえ》を作った。

二人目のマスミさんがメイリル神の遣いとしてやってきて、浄化の力を持ち灌漑《かんがい》工事をして国を繁栄させた、と。

で、二人共……ナオマサさんはプラトニックだが、国王と愛し合う仲になった。

まさか、国王は歩夢君を狙ってないよな？　もしもそうなら、守ってやらなくちゃ。

思いがけず過去の日本人達の伝記にのめり込んでいたが、俺を見つめるマテリオの視線にふと気がついた。

「何？」

「どう思う」

「――何が？」

――答えるべきなのだろうか？

俺達はしばらく無言で対峙《たいじ》していたが、マテリオのほうから目を逸らした。

俺に聞きたかったのは、神子《みこ》の存在理由？　歩夢君の本当の役割？　それともおまけの俺がいる理由？

「間もなく、今夜泊まる神殿に着く」

「今は何時？　夜なのか？」

「すぐに分かる」

そんな話をしていると、コンコンと窓をノックされた。マテリオが覗き穴を開けると、神兵が到着を知らせた。

着いたのは、最初の神殿よりかなり小さいけど小綺麗なところだった。

こぢんまりしてるものの、大切に手入れされているのが分かる。見上げれば、既に陽は傾き星空が美しかった。こんな状態でなければ楽しめたのに。

離宮のみんなや、護衛達は心配してるだろうか。神殿が適当にごまかしているのかもしれないが。

久しぶりに知り合いのない状態に陥り、血の気が引く思いだった。

マテリオに先導され、また神兵が俺を囲む。もちろん枷《かせ》はついたまま。ちょこちょこしか歩けなくて動きにくい。そのための枷《かせ》だろうけどさ。

革製とはいえ、動くと端っこが擦《こす》れて痛いしすごく惨めだ。

神殿の神官達は頭を下げたままなので、俺の惨めな姿は見られなかった……かも。それだけでも良しとした。

奥へ通されたが、最低限の物しかないシンプルな部屋だった。

逃げるために使えそうな道具は見つかりそうにない。

食事はこの部屋に持ってくるそうで、完全包囲だ。しかも、外から鍵《かぎ》がかかっているみたいだ。――またか。

ここまでする理由は、殿下が言っていたように、神子《みこ》の役割の乗っ取りを企んでいると思われているからだろうか？

でも、浄化なんかしていないし、外へ出たのも一度だけだ。

商品を販売しまくっただけで、特に俺が神子《みこ》だと勘違いされる要素はなかった――と思う。あくまで客寄せパンダでおまけのお兄さんだったはず。

話し相手もいないし、ずっと座っていたので、もう座るのも横になるのもウンザリなので日課のストレッチを始める。開脚はできないが、しないよりマシ。馬車で体が固まったので念入りに緩める。

前屈しながら、どうしようかと考えていた。すると、ノックもなくドアが開いた。

「何をしている」

そこには食事を持った神官とマテリオがいた。ペタンと二つ折りの俺を冷たい目で見下ろしている。

「ストレッチ。固まった体をほぐしてる。悪いか？　食事なら置いといて。これ先にやるから」

俺の言葉に、給仕の神官はマテリオに目で確認して、置いていった。

あ、そういえば。暇潰しアイテムだけは欲しい。

「あのさ、さっきの本をもう少し貸して。あと他の本も読みたいな。ここ、何にもないだろ？」

「……」

しかし、返事はなく、マテリオはクルリと背を向け去っていった。無視か？　安定の無視なのか？　いや、さっきと同じパターンかも。

そう思っていたら、しばらくしてまた戻ってきた。

その手には案の定本が数冊あって、彼はそれをテーブルの上にドサリと置いて無言で去っていった。内容は見事に神殿とか神話関係だけど、良いさ。

「ありがとう」

無言で去る背中に声をかけた。人間、最低限の礼は必要なのだ。


次の朝、俺はまた馬車に乗せられていた。

本は借りていて良いと言うので、読みかけの本に目を通す。

道中、カーテンは相変わらず閉まっていたが、しばらくしてから馬車の揺れが止まった。

どれくらい乗っていたんだろうか？　もう時間の感覚が不鮮明だ。だが、車内で昼を食べたので午後かな。

外が騒がしくなり、マテリオが馬車を降りて指示している声が聞こえる。そして、戻ってきた。

「出るぞ」

俺は眩しいのを覚悟して降りたのだが、そこは思っていた雰囲気と違っていた。

目の前には森が広がり、湖があった。だが、水はどんよりと濁《にご》っていて、少し臭う。

「ここは？」

「こっちに来い」

なんというスルー力。いちいち怒るのが面倒だし、俺だって無視してやる。

大人しく言われた通り進むと、石造りの人工物の前に辿り着いた。

「これはチョスーチという。マスミ様が指導し作った物の一つだ」

「チョスーチ？　チョスーチ……貯水池？　なるほど」

伝言ゲームで変わっていく言葉みたいなもんだな。そして、これが灌漑《かんがい》工事の成果か。この先に水路が走っている。でも、なんで淀《よど》んでいるんだろう。

「この先の上流までは歩きだ」

「歩くのは良いけど、足の枷《かせ》を外してよ」

だって、指差したほうは登り坂だ。ここは山の麓《ふもと》みたいだし、このままじゃとてもじゃないが登れない。

マテリオは険しい顔をしつつ、神兵に鍵《かぎ》を渡して枷《かせ》を外させた。これでまともに歩ける。

「逃げるなよ」

「こんなところで逃げて、どうやって生きていけと？」

俺は手枷《てかせ》をヒラヒラさせながら答えた。嫌味たっぷりな言い草にマテリオは眉根を寄せ、歩きだした。もちろん神兵も一緒だ。

貯水池から続く石造りの水路沿いに登り続け、五百メートルくらいだろうか。そこには清い湧き水が湧いているはずの場所があった。森の間に、ぽっかりと岩に囲まれた水を湛えた泉だ。

恐らく、とても美しい場所だったはずのそこは、貯水池と同じく濁《にご》っていた。

ただ、真ん中あたりだけ濁《にご》りが少ない。そこから水が湧いているのだろう。

「これ、どういうこと？」

「十五年ほど前から泉の穢《けが》れが始まった。ここはまだマシだ。流れがあるからな。下流へ行けば行くほど淀《よど》みが溜まり悪化している。そこでは病が蔓延《まんえん》している」

「神子《みこ》がこれを浄化するんだろ？　歩夢君に来てもらえば？」

「だが、なぜか神子《みこ》の力が足りん。マスミ様は降臨後すぐに浄化を行なったと伝えられているのだが……この淀《よど》みはただの淀《よど》みではない。調査したところ、恐らく呪詛《じゅそ》がかけられていて、下手に触れて力に負ければ、体調を崩すことになる。……お命にも関わる」

そしてまた押し黙り、マテリオは泉を見つめている。

「なぁ、あんた達は俺に何をさせたいの？」

俺の問いかけにも泉を見たまま無言だ。何か考え事をしているようだ。

だが、流石《さすが》にイラついた俺は、マテリオの脛《すね》を軽く蹴った。手加減はしてます。

「っ、貴様、何をする！」

マテリオは怒りを露わにこちらを睨みつける。俺は両手を思い切り伸ばして、彼のローブの襟首を引っ掴み、視線を合わせた。

「やっと見たな。おい、俺が最初に言ったこと忘れたのか？　理由によっては協力してやるって言っただろう！　さっさと言いたいこと言えよっ」

言葉にしなきゃ分かんないんだ。絶対目は逸らさねぇからな。聞くだけは聞いてやるよ。

「……離せ」

「あんたが話すなら離してやるよ。で、覚悟は決まったのか？　神官様？」

声にドスを利かせて見つめる。

体の線が細くても俺より大きいから、力さえ出せば俺なんか簡単に引きはがせる。

でも、マテリオはそうしなかった。額同士がつきそうなくらい奴をグイッと引っ張って、正面から睨み据える。

「……分かった……話すから、手を離してくれ」

マテリオは顔を歪ませ、そう絞り出した。俺が手を離してやると、彼は神兵達を人払いする。

「これは陛下と大司教様、一部の神官の秘密だ。……実は、お前にも浄化と治癒の力があると大司教様が仰っていた。しかも、神子《みこ》を凌《しの》ぐ魔力だという。だが、アユム様という神子《みこ》降臨は、大々的に告示された。後から間違っていたなどと言えず、取り返しがつかなかったのだろうな」

俯《うつむ》き気味に語るマテリオの声には、苦しみが滲《にじ》んでいた。

「それでも、私は神子《みこ》はアユム様だと思っている。神子《みこ》は毎日努力を続けておられた。上手くいかない日も懸命に笑って頑張ると言い続けていた。私は神子のお力になりたかったのだ。だから、先日お前のことを聞いた時は――ショックだった」

「そっか。もしもみんなが俺を神子《みこ》だともてはやし始めたら、歩夢君が蔑《ないがし》ろにされないか心配になるよね」

「そうだ」

泉をじっと見つめるマテリオ。神官として真摯《しんし》であろうと努力していたんだろう。

俺はしばらくマテリオに視線を向けてから、同じように泉を見つめた。

「お前の食事だ」

「うん？」

「……お前の作った食事を、何度か神子《みこ》と一緒に食べる機会があった」

俺達は目を合わせず、泉を見つめながら話していた。マテリオが一言ずつ、ゆっくりと話すのを、俺は黙って聞く。

「神官には治癒の力を持つ者がなるのだが、毎日病を癒せば自身も消耗《しょうもう》する。消耗《しょうもう》が激しければ、少しの休みでは元に戻るのが難しい日もある」

自分自身を削るのか。それはキツイよな。

「お前の食事を食べた次の日の朝、私は力が漲《みなぎ》り多くの患者を癒せた。民が喜んで帰っていくのを見て嬉しかった」

「うん」

「だが、同時に神子《みこ》への罪悪感があった。一瞬でもお前のほうが神子《みこ》かもしれないと感じたのが恥ずかしかった。私は神子《みこ》に仕えているのに、と」

「俺は神子《みこ》じゃないよ」

「だが——」

マテリオの言葉を遮るように、俺は口を開いた。

「あんた、聞いてきただろう？　あの本の内容についてどう思うって。俺はあの本を読んで、異世界人がこっちに来るのは、神子《みこ》っていう名目じゃなくても良いんだと思った。そんで、浄化だけが神子《みこ》の力じゃない、ともな。あんたは？　正直に言えよ。誰にも言わないからさ」

「……私も、そう思う。その時の情勢を変える力、それが〝黒の救い手〟だと」

「歩夢君の浄化の力が弱いとしても、別のすごい力があるのかも。今は気がついていないだけでさ。思い込みって怖いんだぜ？　神子《みこ》様が一番大事な頭の固いジジイ達は、その辺が分かんないのさ」

「頭の固いジジイか」

ククククッと笑い声がした。見上げると、マテリオが何か吹っ切ったような顔をしている。

「ところでさ～これ、外す気になんない？」

俺は笑いながら手枷《てかせ》を掲げてみせた。マテリオはクシャリと泣きそうな表情を浮かべた後、そっと鍵《かぎ》を外してくれた。

ありゃ、ちょっと擦り傷ができてる。先に外した足も、肌が擦《す》れて血が滲《にじ》んでいた。エルビス達がいなくて逆に良かったかも。

「大神殿に戻る時はまたつけなければ……大司教様達は、自分達の間違いを認めたくないのだ」

「いやいや、俺は神子《みこ》じゃないから。神子《みこ》は歩夢君なの。で、ここで何をすれば良いんだ？　祈りなんか知らないぞ」

「まずは、少しだけ水を汲《く》もう」

マテリオはバッグから道具を取り出した。

持ち手のついた手桶で水を少し掬《すく》い、二つある瓶のうち一本に漏斗《ろうと》を差して水を注ぐと、ヘドロのようなドロドロした物が渦巻いているのが分かった。

「これ、何？　ゴミじゃないか……絵の具みたいなのが滞留してるみたいだ。藻《も》かな？」

ドロッとした黒っぽい緑の物体がうねるように動いている。

「うえっ！　気持ち悪い。何これ」

「呪詛《じゅそ》の毒だと言われているが、元凶を断たねばならん。もし誰かの呪詛《じゅそ》ならば呪具がどこかにあるはずだ。だが、先にこれを少し触ってみてくれ」

器にほんの少し、その変な水が入っている。このちょっとの中にもあのドロドロはあるんだろ？　気持ち悪いけど、マテリオも真剣な顔をしてたな。でも、やっぱり気持ち悪いなぁと躊躇《ちゅうちょ》してしまう。

「このくらいなら、万一体調が崩れても私が癒せる」

なるほど、そういうことね。よし。覚悟を決めるか。

「どれくらい触れば良いのかな？」

「うーむ……」

「まぁ、やってみるか。男は度胸だ！」

最初は水面に指がつくくらいで離す。なんともないので、もう一丁行くか。

今度は、人差し指の爪が隠れるくらいつけてみたが、俺自身はなんともない。

「これ、すぐ何か起こるもの？」

「濃さによる。このくらいなら、健康であればすぐに影響は出ない。もう良いぞ」

俺が触った水を漏斗《ろうと》でドロドロの瓶に入れていく。すると、キラッと光りながらドロドロが徐々に消えていった。

あれ？　なんかその水、急にキラキラしてませんか？　これが浄化？

「やはりお前が浄化の力を持っていたのか……」

「よく分かんないけど、ここの泉だけでもなんとかできるかな？」

「良いのか？」

「神殿のジジイどもは嫌いだけど、この水が綺麗になれば下流の人が助かるんだろ？　ならやる。歩夢君は神子《みこ》のままでな。そんでジジイ共に恩を売る。ガッツリ貸しを作って、後でたっぷり利子つけて返してもらう。俺に喧嘩を売ったのを後悔してもらう」

ニヤリと俺は笑った。

「大司教様達は、恐ろしい男に借りを作るな」

マテリオは苦笑いしながら俺を見ていた。

浄化の力があると分かったので泉に指先を入れてみた。うっすら緑色に染まっていて気持ち悪いが、少しでも綺麗になればと思いながら試す。

指の周りがキラキラッと輝きはするけど……よく分からない。

思い切って手の平まで入れてかき混ぜてみた。すると、周りが光って少し色が変わったような気がする。

でも、このペースではいつまで経っても終わらないんじゃないか？

うーん、泉に飛び込むべきなのか？　――それはなんか嫌だな。

方法を考えながら泉の中央に目を向けると、一箇所だけ緑の濃い場所があるのに気がついた。

「なぁ、マテリオ！　あの場所、他と違うんだけど分かる？」

「どこだ？」

俺は石を拾い、目的の場所に向かって投げてみた。少しズレたけど、近かったので分かったようだ。

「あの辺だけ色が濃いだろ？」

「そうだな……あそこに呪具があるのかもしれない」

「それがなくなれば綺麗になるのか？」

「だと思うが、あそこまで入れる人間がいない。ここの中心はかなり水深が深いし、この瘴気《しょうき》では……」

そうだけど、ここにいるよね、入れる人が。マテリオ、暗に匂わしているよね？

だが、俺は悩んでいた。だって俺、カナヅチなんだ！

正確には、体脂肪が少なくて沈みます。浮きませーん。

逆に言えば潜水は得意だ。沈んでるって言うなよ！　五十メートルは泳げるし！　それに、プールなら足がつく。だから入れるんだよ！

でも、ここは水深が分からないし、問題の場所に行くだけでかなりの距離があるみたいだ。遠く感じるのは不安のせいか？

「舟はあるのか？」

「泉は聖地と同じように扱われていて、むやみに入る者はいない。チョスーチまで戻ればあるが、小さい舟のはずだ」

舟を持って上がるなんて人手はないな。浮き輪とかビート板的な物があればあそこまでバタ足で行って潜《もぐ》れるか？

結局、浮く物は必要なので昨夜泊まった神殿に帰ることになった。ヤバイ。二泊も無断外泊したらエルビスに怒られる!!

神殿に帰ってくると、神兵などの手前、自ら手足を差し出して枷《かせ》をつけてもらった。

まさか、自分で枷《かせ》をつけてという日が来るとは。俺はMじゃないからね。プレイじゃないです。

ここ大事！

俺は泉の水を少し持ち込み、一人で与えられた部屋にいた。

水を持ち込んだのは、浄化の方法を考えるためだ。

あの変な緑色。あれに似た物を見たことがある気がする。でも、どこでだったかな。怒涛《どとう》のような毎日で、記憶が追いつかない。

チャプチャプと水を振って中のドロドロを眺める。

これが溜まりに溜まった水を使うしかない下流の人達が心配だ。畑に引くこともできないので、休耕地も多いという。俺の想像以上に土地は汚染されていた……

泉を浄化したら徐々に改善するかもしれないけど、一日や二日では変わらないだろう。穢《けが》れの濃い場所には直接行くほうが良いんじゃないか？　そこは歩夢君の協力が必要だ。

瓶を握って振っていたら、漂っていたドロドロがいつしか消えた。直接触れなくても良いらしい。

明日、原因を取り除いてから全てが動くだろう。そんな気がした。

しばらくしてマテリオがやってきた。地元の人の協力で舟や道具が手に入り、神殿所有のマジックバッグを借りると報告してくれる。

マジックバッグって舟も入るのか。マジでファンタジーだな。

俺は万一に備えて、体につける命綱も頼んで、その日は眠りについたのだった。

◇

次の日の朝。俺達はマジックバッグから出した舟を泉に浮かべた。

横に二人並べるくらいの幅の、カヌーというところかな。

俺が小さいからマシだけど（もう認めた）、マテリオや神兵達が乗るとキツキツだと思う。

でもこのサイズで四人乗りらしい。下流の街に行く時などに使うそうだ。

くわえて命綱のロープと、コルク栓をしてブイ代わりにした空の壺も持ってきた。壺は複数用意した。

あぁ、嫌だ。なんか怖いんだよ、あの水。

病気になる水というのもあるけど、あの水の中のドロドロがすごく嫌だ。でも、覚悟を決めるしかない。

濡れると重くなるから上着を脱いで、シャツも脱いだ。

すると、マテリオが飛んできてシャツは着ろと言われた。なんで？

不審に思って聞いたら、とにかく脱いではいけないとしか言われなかった。

そ、そういえば、ダリウスのキスマーク疑惑があるんだった。俺には見えないし、見せてもらえなかったけど。神兵もマテリオもギクシャクしてる……

キスマークがあったせいか？　そうなのか⁉　考えるのは止めよう！

なるべく身軽じゃないと溺《おぼ》れてしまうので、仕方なく下だけ脱いで下穿《したば》きだけになった。ちゃんと着替えも用意してもらったので、帰りはノーパンではありません。

腰にロープを巻きつけて深呼吸をする。

「絶対、ロープを離すなよ」

「もちろんだ」

俺とマテリオ、神兵二人が舟に乗る。

漕ぎ出すと妙な臭いが鼻についた。俺はそのままだけど、三人は口に布を巻いていた。マテリオが布を差し出してきたけれど、俺は潜《もぐ》るし意味がないと断った。

神兵がオールを漕いでくれて、特に濃い緑色が湧き上がっている場所まで来た。

みんなの顔色が悪いのは仕方ないと思う。神兵は吐き気を催しているが、必死で耐えている。

俺だって体がザワザワして不愉快だし、悪寒《おかん》に襲われているんだ。

顔色も悪いかもしれない。案の定、マテリオが気遣わしげにこちらを見遣る。

「大丈夫か？　止めても良いぞ」

「やるって決めた。でも、もし失敗したら……俺がダメだったら、頼みがある」

「なんだ」

「離宮のみんなと、殿下。それと騎士達に、今までありがとうって伝えてくれ」

これはそういうものだと感じていた。覚悟が、必要だ。

俺は息を大きく吸い込んで、返事を待たずに飛び込んだ。迷ってたら動けなくなるからな。

目の前を緑色の影のような物が立ち上ってくる。

あの先。あの、濃い緑色が滞留している場所に何かがあると感じる。

俺の体に触れた水は浄化されているのか、伸ばした腕の周りが膜を張ったように輝いて綺麗だ。キラキラしている。俺の周りはこんな風になってるのかな。

俺はよく見えない中で、手をあちこちに伸ばす。呪具があると直感で分かるが、緑のモヤモヤのせいでよく見えず触ることができない。

でも、もう息が続かない！　仕方なく水面を目指す。

「プハッ！　はぁはぁっ!!　キッツイ！」

「大丈夫か!?　少し休むか？」

「はぁはぁ……ちょっと息を整えたら、すぐに行く。なんかあるのは確かだ。くそっ、気持ち悪っ」

「無理をするな。休むか？」

「今止めたら、もう一回やろうなんて思えない」

舟のふちに掴まって息を整える。そしてもう一度潜《もぐ》った。

俺の周囲の水が透き通っていく。ならば、できるはず。先へ。もっと先へ。


呼んでいる……

アレが……

苦しんでいる……

もがいている……

『タスケテ』

——見つけた!!

俺は思い切り右手を伸ばして、ソレを掴んだ。手に激痛が走る。体中に、緑色の影が入り込んでくる気がする。俺は痛みを堪《こら》えて水面を目指す。

——痛い。気持ち悪い。


『イタイヨ……』

『コッチニオイデ……』

『タスケテ……』

『ココニイヨウ…』

『タスケテ……』


二つの声が交互に頭の中に響いてくる。片方は助けを求め、もう片方は引き留めようとしていた。

俺は諦めない。仲間のところに帰るんだ！　体育会系の根性舐《な》めんなよ。助けて欲しいなら、俺が助けてやる!!

一緒に来い!!　と、心の中で握り締めたモノに叫び、水面を目指して精一杯キックをする。

——おかしい。

懸命に足を動かしているのに、水面が近くならない。もう少しなのに、息が苦しい。両手を使いたいけど、握り締めているから上手くいかない。

でも、絶対離さない。コイツは助けを求めている。

俺は結ばれた命綱を掴んで、何度か引っ張った。合図に気がついてくれ！

気が遠くなりかけた時、体をふわりと引き上げられた。

ザバッと顔を水面に上げると、少し水を飲んでしまって噎《む》せる。うわっ！　あの水飲んじゃった！

「ゲホッ！　ガハッ！　ゴホッゴホッ！　は、はぁ、ヤバすぎ、ゲホッ」

ふちにしがみつくので精一杯の俺を、マテリオと神兵が引き上げてくれた。

「大丈夫か？」

「ダイジョばないけど大丈夫……気持ち悪い……でも、これ、見つけた」

「っ！　メイリル神の神像だ」

マテリオは驚愕した面持ちで、俺が手に持ったモノを見つめる。俺も改めてそれに目を向けた。

神像に荊《いばら》で板を結びつけている。棘《とげ》でグルグル巻きにされていて痛々しい。

握り締めた俺の手からは血が流れていた。そりゃ痛いはずだ。

「助けてって、言ってた」

「誰がだ？」

「コレ。別な何かは、ここに居続けようとしてた。それが呪いなのかな？」

コレを引き上げたら、泉の水はどうなるんだろう。すぐに変わるのか？

「あのさ、来た時の気持ち悪さ減ってない？」

「お前が持っているから封じられているのだろう。この括《くく》りつけられた板の呪《しゅ》を解かねばならない」

舟は狭く、調べるにも場所が足りないので、俺達は岸辺を目指す。

「手当てしてやりたいが……」

「ん。下のトゲトゲのないほうを持つよ」

荊《いばら》が巻きつけられているのは神像の上部だ。そのため下のほうを持ち直したが、辺りに漂う瘴気《しょうき》が増すことはない。俺が持っている状態が重要なのだろう。

岸へ戻る途中、ふと思いついて滴《したた》る血を泉に落としてみた。

ポタリと一滴、水に落ちる。すると、血を中心に円を描いて、水が光りながら透き通り始めた。

「なんと……」

「マジか。でも神像には、俺の血は関係ないみたい。まだ呪《しゅ》がかかってるもんな」

右手を止血してもらったが血が止まらないので、滴《したた》るまま泉に落としつつ岸へ帰る。俺達が通った後は、はっきり分かるほど水が透き通っていた。

なんだか、すごく疲れたなぁ……

ようやく岸へ戻ってきたが、疲労感が凄《すさ》まじい。それでも気力で舟を降りた。右手もマテリオが手当てしてくれて、少しは出血が止まってきた。

でも、神像にずっと力が吸い込まれている気がしてきた。いや、事実、何かを吸い取られている。

俺が座り込んで神像をマテリオに見せると、隅々まで観察してどう処理するべきか悩んでいる。

「このメイリル様の像は、もしや……」

この板の紋様は、かつて北の神殿から盗まれた物かもしれない。それと、括《くく》りつけられた
「知ってるのか？」

「山の民の物だ。私は山の民の子孫なので分かる。だが、今は詳しく説明している時間はないな。この丸い部分を見てくれ」

棒で荊《いばら》を避けながら、マテリオの言う紋を調べる。荊《いばら》を切ろうとしたが、どうやっても切れなかった。結び目もないのに、ガッチリと巻きついている。

「中央の蛇《へび》に囲まれた奴？」

「そうだ。ここに花のような紋があるだろう？　そこに触れてみてくれ。呪《しゅ》が解けるかもしれん」

「うん。それだけ？」

「分からん。マスミ様は触れるだけで良かったらしい。詳しい方法は分からないが、この蛇《へび》は本来あるべきではないのだ。同時に浄化を祈ってみてくれるか？」

「良いよ」

ふと、泉の中で助けを求めていた声を思い出す。『タスケテ』って言ってた……この像の悲鳴だったのかな。

そっと花に触れる。綺麗なレリーフなのに、アレはとても苦しそうな声だった。あまりに可哀想だ。もう終わりにしような。

それに、泉の中で聞こえたもう一方の声も苦しげだった。どちらも楽になれば良い。

触れた指先から、板に向かって何かが流れていく感覚に襲われた。

『アリガトウ』

小さく声が聞こえた気がした。

その瞬間、雁字搦《がんじがら》めだった荊《いばら》が枯れていった。呪《しゅ》が解けたのだ。

「さよなら」

俺は無意識に呟いていた。

メイリル神の像はようやく荊《いばら》から抜け出し、板がポトリと落ちて割れた。……良かったな。

俺は自然と神像に微笑んでいた。

——そしてそのまま真横にぶっ倒れたのだった。体を動かすのも億劫《おっくう》だ。

「うぉ～！　キッツイ!!　俺、しばらく横になってる……動くのは無理」

「大丈夫か!?　どこか打たなかったか!?」

「それは大丈夫。でも、力が入らない」

「マテリオ神官!!」

神兵が大声を出している。今度はなんだよ、これ以上は無理だぞ。

胡乱《うろん》な目をマテリオと神兵達に向ける。マテリオは呆然として、泉を見つめていた。

「……やったぞ。泉が浄化された」

「良かった……ダメだったら暴れてたわ」

俺は小さく笑みを浮かべる。マテリオは眩しい物を見るように俺を眺めた。

「果実水を持ってきてやる。少し休もう」

そう言ったと同時に、俺を横抱きにして木陰に連れて行った。

また姫抱っこ……いや、考えてはいけない。俺は疲れている。荷物のように担《かつ》がれたほうがダメージ大きいから、この際良しとしよう。

足を放り出して木にもたれかかり、果実水を飲みながら泉を見つめた。

色が変わり、美しい青い水面が揺れている。この青さは砂が白いからで、これが本来の色だそうだ。

しばらく休んだが、結局俺は歩けなかった。仕方なくマテリオと神兵に交互に背負ってもらい、麓《ふもと》まで降りる羽目になってしまった。手間をかけてごめんなさい。

その後は、馬車の中で気を失うように眠りについた。

◇

気がつけば神殿の一室のベッドで、枷《かせ》はついていなかった。

――良いのか？　それに、部屋も良くなっている気がする。シンプルだけど何もなかったあの部屋とは違う。

えっと、誰かいるかな？　ドアをコツコツと叩いてみた。が、返事はない。

ドアノブを試しに回してみる。まぁ、開かないと分かってますけど～、試しても良いよな。

ガチャリ……。え、開いたよ!?　いや、ドアは開くものだけど、俺の場合は開かないもんなの!!

恐る恐るドアを開けてみる。

――あれ？　見張りもいない？

そろりと出てみると奥に明かりが見える。もしかして、もう夜⁉　俺、本当にエルビスにお尻ペンペンされるかもしれない‼

ただ、さっきの状態で離宮まで戻るのは無理だったのは分かる。そして今、すごく空腹だ。

ドキドキビクビクしながら、明かりに向かって歩いて行く。すると、一人の神官がその部屋から出てきて、俺はビクッと肩を揺らした。

「神子《みこ》様‼」

「違います！」

俺は高速で否定した。

「いいえ、泉を清めたあなたは神子《みこ》様に間違いありません」

神官が俺の前に来て跪《ひざまず》いた。

「神子《みこ》は王都にいます！　俺は違います！　マテリオに聞いてください」

俺が困っていたら、同じ部屋からマテリオが現れた。

「起きたのか」

「マテリオ！　ちょっと否定してくれよ」

「無理だな。少なくともここでの神子《みこ》はお前だ。こちらの神官達も泉を確認したからな」

「もう確認したのか？」

「……お前は丸二日、目が覚めなかった」

「えっ⁉」

嘘だろ!?　無断外泊四日目ですか……？

「こっちの部屋へ来てくれ。腹も減ってるだろう」

そう言って応接室のような所に案内された。

椅子に座りお茶を飲んでいると、他の神官達が続々と入ってくる。

「「神子《みこ》様への拝謁《はいえつ》の栄誉を賜《たまわ》り感謝いたします」」

彼等は俺の足元に跪《ひざまず》いて、拝んでくる。俺は焦って、手を勢いよく振った。

「申し訳ありませんが、神子《みこ》ではありません」

「いいえ、あなたは神子《みこ》様です。泉を清めてくださいました」

「そうですけど……」

マテリオをチラ見すると、首を横に振った。諦めろってことか？

「そのことは知られたくないんです。ですから、他の人に言わないで欲しいんです」

「そんな。神子《みこ》様の奇跡をお隠しになるのですか？　すぐに分かることですのに」

「でも、お願いします。守りたい人がいるから」

「……分かりました」

神官達は渋々だが了承してくれたので、俺はホッと胸を撫で下ろした。

その後、食事が出された。メニューはパン粥《がゆ》のような柔らかい物で助かった。食後のお茶をもらいながら今後について相談する。マテリオの他、神官二人が端に控えている。

「マテリオ、もう王都には帰れるのか？」

「ああ。報告に行かねば」

やっとか。あっちがどうなっているのか、考えるだけで恐ろしい。もう監禁とか拉致《らち》とかお断りだ。

「大司教様と話せるようにしてくれよ。大事な話があるから」

「もちろん、話すことになるだろう。あれほどの浄化を行ったのだからな」

「いつ帰れる？」

「もう夜だ。移動するのに丸一日必要だから、明日の朝早く出立する」

「了解。王都が近くなるまで枷《かせ》は勘弁して欲しいな。王都に入ったらかまわないから」

「私も浄化の神子《みこ》を拘束したくないが、何が起こっても外すなと言われていた。大司教様達を刺激しないためには、つけておいたほうが良いかもしれない」

「浄化の神子《みこ》とかやめろ。あのさ、ちょぃ耳貸して」

他の人に聞かれないようマテリオに屈《かが》んでもらう。そして彼の耳に口を寄せ、囁《ささや》いた。

「枷《かせ》は武器になるからな。一発殴っても文句は言われないよな？」

俺はクスクス笑う。マテリオは無言で目を剥《む》いて、小声で返してきた。

「大司教様が見誤ったのも然《さ》もありなんだな」

「なんだよ」

「神子《みこ》は純粋な者と思っていたからな」

「失礼な。俺だって純粋だ」

ただ、使える物は使うだけ。さて、威圧すればビビって言うことを聞くと思っているジイさん達に、優し〜くお仕置きだな。

それから明日の計画を話して、部屋に戻り、重い体をストレッチして明日の長旅に備えた。

翌朝、食事をしてさっそく出発した。神官さん達全員が並んで見送ってくれる。

頼むから、俺の名前言わないでくれな。って、あれ？　俺、マテリオに名前で呼ばれたことありませんね。なら良いか。良く考えたら酷い奴だな。

――歩夢君とのラブラブコースにこの男もいるんだろうか？

そんなことを考えつつ、馬車から外の風景を眺める。そうです、カーテンが開いています！　俺の頑張りの成果だな。

目の前には、道なりに水路や畑が見える。ただ、水の影響があるのかあまり状態が良いとは思えない。

「この畑も変わるかな」

俺は外を見つめながら聞いた。

「きっと……変わるだろう。どんどん良くなるはずだ。神子《みこ》の巡行の時が来たら、お前の力を貸してくれ。利子はまけて欲しいがな」

マテリオも同じように田畑を眺め、嚙みしめるように言った。

珍しく素直な気持ちを吐露《とろ》する。先日とは表情も態度も大違いだが、こいつもこいつであの現状に苦しんでいたんだろうなぁ。

「ついでに聞きたいことが二つある。歩夢君に作ってる料理だけどさ、あれ、本当は歩夢君の命令じゃないだろう？　それから、もし浄化の力を使えなかった場合、俺はどうなってた？」

歩夢君に関しては一つの確信があった。同じ日本人として違和感がずっとあった。あの子はそこまで図々しくない。別の可能性は――怖い、もしもの話。

「アユム様が楽しみにしていたのは確かだ。私は日々司教様に報告をしていて疑問を抱いた。アユム様の浄化の魔力がアップしたのは、お前の食事を食べるようになってからだ。そこで、サンプルを提出したのだ。それを調べて、治癒と浄化の力が確認されたのだろう。お前に確実に作らせるように司教様はアユム様の命令だと伝えたのだろうな」

「なら、素直にそう言って作らせりゃ良かったのに」

「そう言えば作ってくれたのか？」

「お願いの仕方による」

「ククク、お前は面白いな」

「そりゃあ、どーも」

「もし浄化ができなかったら、お前は今ここにはいなかったと思う。だが、お前は存外しぶといからなんとかしたかもな」

褒められてんのか、けなされてんのか分からないけど、しぶといのは良いことだ。

俺達は初めて普通に笑い合った気がする。

「あ、もう一個質問。マテリオって何歳？」

「二十八歳だ」

「うっそー!! 三十超えてると思ったのにタメかよ！」

「失礼な。タメとはなんだ？」

「同い年って意味。はー、ここの人達の年齢分かんね～」

「私はお前が同い年だというほうが驚いてるぞ。成人ギリギリにしか見えん」

ああ、もうヤダ。この反応飽きたわ。そうクレームをつけていたら、急に馬車が止まった。

「マテリオ神官。よろしいですか？」

神兵に呼ばれて外に出たマテリオは、誰かと話しているようだ。覗いたら怒られるかな。ていうか俺のフード、どこにやった？

馬車の中を物色すると見習い神官用のローブを見つけて、フードを被って外を覗く。

お年寄りと子供が六人ほど見えた。馬車を引く馬もいるけど、様子がおかしい。

マテリオが跪《ひざまず》いて子供に触れると、光が見えたような気がした。あれが治癒か？

何人かに施しているみたいだ。一人で大丈夫なんだろうか。治癒を施されて全員元気になったようだが、マテリオの顔色が悪いな。

「マテリオ！」

窓から顔を出して声をかける。

「出てくるな」

「でも……」

立ち上がろうとしたマテリオは、フラリとして地面に膝をついた。淀《よど》んだ泉に近づいた影響が、まだ続いているのかもしれない。

俺は怒られるのを承知で外に出た。もちろんフードを目深《まぶか》に被り、顔が見えないよう注意する。

近づくとお爺さんはまだ具合が悪そうだった。

――お爺さん、子供を優先にしたんだな。でも、顔が土気色だ。馬も泡を吹いて荒い息をついている。おそらく、水のせいで常に具合が悪いのかもしれない。

「大丈夫か？」

マテリオの背中をさすると顔を上げた。その顔は青白い。これ以上は無理そうだ。

少しの間さすってやると、顔色がマシになった気がする。これが俺にもある治癒の力なのか？

「どうしたら良い？　また触れれば良いのかな？」

「ワシは大丈夫です。神官様に、これ以上していただくわけには……」

「お爺さん、手を貸してください」

そんな顔色で言われても放っておけないよ。

俺はお爺さんの右手を両手で包んだ。頑張って仕事をしたのが分かる、ゴツゴツした手だ。浄化の時みたいに、楽になりますようにと願いながら目を閉じる。

また、俺の中で怪しい何かが流れ出す。でも、泉より少ないから平気だ。

お爺さんの中にある淀《よど》みを感じて、こちらに引っ張って……俺の力と入れ替える――

違和感がなくなり目を開けると、お爺さんと目が合った。その目には力強さが戻っていて、顔色も良くなっていた。

お爺さんは目を見開き、興奮気味に口を開いた。

「神子《みこ》様であらせられましたか……!!」

ヤバッ、マテリオに怒られる!

俺は慌てて目を伏せて、首を横に振った。

「違います」

「しかし、その瞳のお色は……」

「神子《みこ》はお忍びで来ているのだ」

「マテリオ!」

困るよ。でも見たのは目だけだから、歩夢君ということにして乗り切るか。

「お爺さん、この子も苦しそうですね」

俺は次に栗毛の馬に手を伸ばしてみる。サラブレッドとは違う、働く馬だ。がっしりして脚も逞《たくま》しい。この世界の大きな人間を引っ張るのだからかなり大型だ。

「村の馬はみんな弱っていて、この子が一番マシなので馬車を引かせましたが、やはり無理だったようで、休ませていたところです。畑だけでなく、こうして移動する時も役立ってくれる、村の宝です」

「そうでしたか。働き者なんですね」

馬は苦しそうに息をしている。可哀想に……辛そうだ。

馬なんて触ったことないけど助けたい。

「なぁ、お前に触ってもいいか？」

怖がらせないようにゆっくり手を伸ばす。するとお爺さんも手を伸ばし、さすってなだめてくれた。

「神子《みこ》様、この子はここまでよう頑張ってくれたのです。どうぞ助けてやってください」

そうか。苦しくてもみんなのために頑張って歩いたんだな。

俺は頷いて、馬の首に触れて撫でる。最初、馬は知らない人間が手を伸ばしたので怯えた様子だったが、撫でていると荒かった息が次第に穏やかになり、俺に鼻面を擦《こす》りつけてきた。

ズルッと後ろに押される勢いだけど可愛い。俺は馬を目一杯撫でた。俺から力は流れ出すけど、可愛い成分は吸収できた。

お爺さん達は小さな村に住んでいるが、村人が大勢病気になってしまい、子供の面倒を見きれなくなったのだそうだ。

この子達は一時的に、もしくは親が亡くなればそのまま孤児院行きだという。それでも捨てられないだけマシだと……もしかして、孤児院出身のノーマもこんな目に遭ったのだろうか？

俺はここにはいない侍従の顔を脳裏に浮かべた。

「その村はどこに？」

「ダメだぞ」

俺の言葉に被せるように、マテリオが鋭く言い放つ。

「まだ何も言ってないけど」

「その体では保たない」

確かに、まだ体はふにゃふにゃだ。

「神子《みこ》様はお体が悪いので!?」

「上流の泉を浄化してくださった帰りだ。いずれ村にも清い水が流れよう」

「な、なんと!! そのようなお体で癒《いや》してくださったのですね……分かりました。村人にも知らせておきます！ 大いなる希望となるでしょう。神子《みこ》様、ありがとうございます」

お爺さんはそう言って、地面に頭を擦《こす》りつけて平伏した。俺は焦って頭を上げさせる。

子供達の喜ぶ声も聞こえるから、良かったけどさ……

「おい。どうすんだ」

「私は神子《みこ》と言っただけ。名前は言ってない」

小声で囁《ささや》くと、マテリオは素知らぬ顔でそう嘯《うそぶ》いた。

あー、はいはい。それで手を打とう。そして、俺達は再び馬車に乗り込んだのだった。

◇

日が傾きかける頃、ようやく王都に戻ってきた。神殿に行く前に手の平の包帯を取ろうと思ったが、血が滲《にじ》んでいるほうがビジュアル的に効果的かも？　と思い、そのままにした。

手枷《てかせ》、足枷《あしかせ》を確認してフードを被ってから降りると、ずっとお供をしていた神兵達が跪《ひざまず》いていた。

頑張りを認めてくれたのかな？　頑張ったからかなぁ。そうなら良いなぁ。

さぁ、ここからジイさん達と戦います！

決意を込めて前を向くと、みんなが立ち上がってまた俺を囲んだ。もう逆に落ち着く。慣れって怖いですね。

神殿の中を進み、再びジイさん達と相まみえる。案の定、ジイさん達は苦虫を噛み潰したような顔をしていた。

マテリオに泉での顛末《てんまつ》を聞かされた上、例の板を見せられて、ヒソヒソと話し合っている。

あ、今度はちゃんと椅子とお茶が出ております。やっと人間らしい待遇ですね。

俺はツンとしたまま、ヒソヒソ会議を見守りつつお茶を飲む。

「……これまでの無礼を謝罪いたします」

しばらく待って、大司教様がおもむろに言った。

超低音だ！　不本意なのがよく分かるよ、大司教様！　本当に残念だったね、俺にも力があって。

俺が泉の浄化に失敗すると見越して、無理やり泉の浄化に向かわせたこいつら。もしも浄化に失敗していたら、俺は死ぬことになったのかもしれない。そしたら歩夢君が神子《みこ》で確定だ。

俺を密かに始末できて一石二鳥とでも思っていたのだろう。心底腹立たしい。

「私は神子《みこ》になりたい訳ではありませんし、これからも歩夢君が神子《みこ》だと思っています。当然支えますが、あなた達に協力するかは交渉次第ですね」

「交渉、ですか？」

「そう。私の人権を侵害しないのは当然ですが、神子《みこ》として扱わないことが一番の希望です。マテリオに伝えた件もお願いしますね」

「もちろん、もうあのような真似はいたしません。ですが！　神子《みこ》として立たれれば、皆があなたに平伏するのですよ？」

「私は全てが終わったら、普通の人間として暮らしたいのです。そのためには神子《みこ》の称号は重すぎます。それに、あなた達にとってもそのほうが都合が宜《よろ》しいのでは？　歩夢君を神子《みこ》として発表したのでしょう？　彼をどうなさるおつもりですか？」

「確かに今さら訂正は難しいですが、そのお姿で静かな暮らしは難しいですぞ」

「そのための努力と根回しは自分でします。しかし、逆にこの姿が使える場面もあるのですよ？できれば商人になろうと思っておりますからね」

大司教達は、またヒソヒソと相談している。

「分かりました。……陛下はアユム様も神子《みこ》であると報告すれば安心なさるでしょう」

「一つ質問があります。私は一度も自分が神子《みこ》だと主張したことはありませんでした。それなのになぜ、あのような手酷い扱いだったのですか？」

「それは……」

「怒りませんから」

「それは……陛下が、アユム様に夢中になりまして」

「えっ」

「アユム様を守るためでした。実はあなたの魔力が膨大過ぎて計測機が壊れたのです。対応できる計測機を用意するのに手間取り、なかなか属性が分かりませんでした。その後、ジュンヤ様が作られたお食事の一部を検査して浄化の力が検出されたのです。陛下と宰相は、アユム様の地位を確立するため、あなたの悪評を立てました。我々も神子はアユム様だと大々的に発表した手前、取り消すのは難しく……申し訳ありませんでした」

国王陛下の色ボケと、権力の乱用かよ！　怒らないって言わなきゃ良かった！　怒るわ！

恋は良いけど他人を巻き込むな！

でも陛下、歩夢君はおじさんなんかパスだってよ。ざまーみろ。

腹は立っているが、ここで当たっても意味がない。直接本人に怒りをぶつけよう。

ただ、君達も許してはいないからね？　今後、交渉の手札にしてやる！

「そ、それにですね。エリアス殿下と騎士達が、全面的にジュンヤ様を庇護《ひご》したのが、陛下はお気に召さなかったのでございます。お二人とも、昔からお気に召した方は、必ず側にお召しになるので、その……」

言い淀《よど》む大司教様に代わって、別の司教が続ける。

「王宮の者はアユム様を支持していたので、騎士達をジュンヤ様が籠絡《ろうらく》していると思い込んだのでございます。双方の見解の違いと申しますか」

「それを正す人もいなかったのですね。その点はあなた方に言っても仕方ないので良いです。しかし、その後の扱いが少々酷かったのでは？　手枷《てかせ》とか罪人の扱いです」

先程外してもらったが、いまだ枷《かせ》の痕《あと》のついた手首を見せる。こういう時は、キッチリ締めとかないとな。俺は痕《あと》が見えるように、わざとらしくお茶を啜《すす》った。

「ほ、本当に申し訳ございません!!　神子《みこ》のお体に傷をつけるなど……」

大司教は震えながら椅子から立ち上がると、跪《ひざまず》いて俺の足元ににじり寄り、上着の裾に口づけをした。他の司教達も同様に跪《ひざまず》いて頭を下げている。

ヤバッ！　ちょっとやり過ぎたか!?

ま、まぁ、お灸《きゅう》はキツイほうが良いらしいし。ここは耐えて厳しい奴を演じるんだ！

それはともかく、神子《みこ》呼びは止めてください。調子良すぎじゃないか？

「それに、これは神殿と国王など一部に口伝される話なのですが、神子《みこ》とは……でないと、ですなぁ。まさか、アユム様が……――でないとは思えませんで」

司教がところどころ誤魔化すように話すので、聞こえない。俺はキッと彼らを睨みながら、促した。

「ハッキリどうぞ？」

「しょ、処女でなければと、ありましてな。どう見ても、ええと」

俺は見た瞬間に非処女認定されたと。エリアス殿下に聞いてたので、思ったより怒りはない。

ふっ……俺は大人だ。非童貞の余裕でスルーしてやろう。

「――なるほど。まぁ、良しとします。私の要求はマテリオに伝えましたが、受け入れていただけるなら、神子《みこ》と共に各地に参りましょう。全てが済んだ後でケジメをつけてくださいね？」

神殿に都合の良いように折れている風に見えるが、実は俺の希望をガッツリ通す方向です。彼らは自分達のしたことを償《つぐな》わなくちゃいけないと思う。

とはいえ、すぐに辞職させようとかそういうわけではない。引き継ぎは大変だし、何より俺の情報も無駄に拡散させたくない。

「そう仰っていただけるのならば、巡行の準備を始めます。お体はいかがですか？」

「完全ではありませんが、少し休めば大丈夫でしょう」

俺は、ふと離宮での事件を思い出した。

「以前、離宮に神官のローブを着た男達がやってきて、私を連れ去ろうとしました。あなた達の命令ですか？　それと、神子《みこ》とは一人しか現れないものですか？」

襲われた時の状況や服装を詳しく話す。すると、大司教達は顔を青くして、勢いよく首を横に振った。

「そんなことは命じておりませんっ。どうか信じてください！　……ですが、ローブの色などから察するに神殿関係者のようです。偽装なのか、離反者なのか……こちらでも調べておきます。ジュンヤ様、カルタス王国以外でも黒は貴重な色です。ご自身がいかに稀有《けう》な存在か、どうかご自覚ください」

大司教は懇願するようにそう告げる。そして、ひと呼吸置いて話を続けた。

「神子《みこ》については、これまでお二人という事例はありませんでしたし、アユム様は浄化も治癒もお力が弱く……特別な理由があるのかもしれません。二人の神子《みこ》と発表するのはどうかと、陛下も仰っていたくらいで……」

なんてこった。あれは神官のふりをした誰か、もしくは神官の中の離反者だったのか？

それに、俺は神子《みこ》なんて呼ばれたくないが、歩夢君の安全を一番に確保したい。彼は俺にとっては子供だ。

実は神子《みこ》は二人でした、という言葉だけで済むんだろうか？　歩夢君命だという陛下がどう出るかだな。

でも、ひとまず希望の形にはできた。早く離宮に帰ってみんなに会いたい。

だが、全部話し終えた途端、またドッと疲れが押し寄せてきた。

まずい……足が、動かない……

俺はすぐに帰りたかったが、椅子から立てなくなってしまった。結果、マテリオにまた横抱きにされた。

いや、背負ったほうが楽でしょ？　と抗議したら、こっちのほうが俺の体への負担が少ないからと、その場にいた全員に却下されました。心のダメージも考慮してください。

仕方なく急いで離宮に連絡してもらった。

今回はまともな部屋に案内され、今はそこで横になっている。どうも体がおかしい。神像に吸い取られた力はそんなに多かったのか？　気温が高いのに寒気がする。

それに、浄化されていない地域に住む人達。あのお爺さん達みたいな人がたくさんいるんだ……

彼らのことを思うと、胸が痛んだ。

それにしても、ああ、体が怠《だる》い……寒い……

悪寒《おかん》に震えながら、俺はいつのまにか意識を手放していた。

◇

トントントンと一定のリズムで体が揺れる。体と顔の右側が温かい。俺の体は冷えていて、その温もりに顔を擦《す》り寄せる。

心地よさにうっとりと身を任せていたが、ふとベッドにいたのでは？　と思い出す。

まさか、拉致《らち》監禁再びなのか？

恐る恐る目を開けると、真紅の生地に、金と黒の刺繍《ししゅう》がたっぷり施された上着を着た男に横抱きにされていた。

——赤と黒？　こ、この色は、まさか⁉

目線を上げると、金粉を振りまいたような煌《きら》びやかな瞳があった。

「あ、あ、あのぅ……本物の殿下、ですか？」

いやいや、夢オチだよね、そうだよね？

「これほど触れ合ってるのに、違うと思うのか？」

本物の殿下だ……なんという王子様力。

ああ、この目で見られると吸い込まれそうになる。

返事もできずに見つめていると、殿下は立ち止まり、そのまま俺の唇に軽く触れるようなキスをした。そして、優しく微笑む。

ん？　キスを、した⁉

頭が真っ白だ。なんで殿下は俺にキスした？　なんで殿下が俺を抱いてる？

「あ、あの……殿下……？」

言葉が出てこない。焦って周りを見回すと、エルビスと目が合った。

「エルビス‼」

「ジュンヤ様！　心配いたしました……！」

彼は俺を認めると、半泣きで微笑んでいた。

「エルビス、ごめん……ただいま」

「っ！　良くぞご無事で……」

エメラルドの瞳から、ポロリと涙が溢れた。

「何日も連絡取れなくてごめん」

「いいえ、私が目を離したせいです！　どうかお許しください……」

「俺が悪いんだ。それに、エルビスがいても同じだったと思う」

俺は何度も謝るエルビスを宥《なだ》める。

そのまま殿下に運ばれていくと、出口に馬車が用意されていた。

空を見れば、既に日が暮れていた。司教や神官、神兵達が礼をして俺達を見送っていたが、こんな体勢なので微妙な気分だ。

ところで殿下。なぜ俺をお膝に乗せてるのですか？

「殿下、降ろしてください」

「なぜだ」

「殿下の膝に乗るなど、無礼です」

「良い。軽いものだ」

しかし、殿下はそう言って俺の腰に逞《たくま》しい腕を回した。さっきのキ、キスといいどうしたの？

「この手首の痕《あと》……あやつらは、余程きつく枷《かせ》を締めたのだな。手の怪我は呪《しゅ》を解いた時の物か？奴らは無体をしたのか？」

殿下の口調こそ静かだが、なんだか急に温度が下がったような気が……

エルビスの顔も怖いし、心なしか二人から冷気が放たれている気がする。

「え？　あ、手は荊《いばら》で怪我をしてしまいました」

「着いたらすぐに手当ていたしましょう」

エルビスは気遣わしげな表情で俺の手首を眺めている。

呪いのせいか、自分も弱っているせいなのか、治癒をかけても治りが悪いのだ。

「二人共、どこまで聞いてますか？」

「神殿側は、ジュンヤが浄化の力を持つ神子《みこ》だとようやく認めた。そして、浄化が命を奪いかねないことも。だが、ジュンヤは神子《みこ》と呼ばれるのを拒否したのだな？」

殿下の問いに、俺は頷いた。

「はい。そのほうが動き易いので」

「ジュンヤを伴って浄化の巡行を開始するともあった。だが、この状態ではしばらく休まなくては。私達二人は大体聞いているが、後でマテリオが離宮に来る予定だ。色々と話すことがあるとかでな。神殿では落ち着かないだろう？」

「それは助かります。みんなにも会いたいですし」

「私には？」

ずいっと殿下が俺に顔を寄せた。うう、参るなぁ。

「で、殿下にも、お会いしたかったですよ」

つっかえながらそう言うと、彼はまた嬉しそうに微笑んだ。今日は良く表情が動くな。これが本当の殿下なんだろう。

ぼうっとその顔を眺めていたら、殿下が俺に唇を寄せた。

えっ⁉　どーゆーこと⁉　ま、またキスされたっ？

「ちょ、ちょっと殿下、何をなさるんですか？」

抱き込まれている胸を押し返す。でも、力が入らないし、万全でもこの筋肉に勝てる気がしない。

「話は後だ。着いたぞ」

まさかのスルー!?　俺のＨＰだけ減ったぞ？

そして、俺はまた殿下に横抱きにされた。早く元気になりたい……

馬車を降りると、ノーマとヴァイン、ダリウス、そして護衛達が揃って待っていた。

離宮の自室に入り寝椅子に座らされた。フラついて危ないからという理由で、殿下も俺の腰を抱いて隣に座る。

体を支えるならクッションで十分だと言い張ったが、全て却下されてしまった。

これ以上言っても無駄なので、諦めて出されたお茶を飲む。途端にほっとして、この離宮がすっかり我が家になっていたと気がつく。

見回せば全員が俺を見つめている。話さなければならないことが山ほどあるな。

それぞれ、俺のことを気にかけてくれていたのが、その表情や態度からありありと伝わってくる。

俺は一人一人に声をかけた後、この数日の出来事について話し始めた。

泉を浄化したことについては端折《はしょ》って話すつもりだ。詳しく話すと、またみんなが心配するに違いないからな。

しかし、サラッと流そうと思っていたらマテリオが来てしまい、事細かに説明された。素潜《すもぐ》りの件も。一応沈んでいないから。最後溺《おぼ》れそうだったけど!!

流れる血を泉に垂らしたのもバラされた。

血が止まらなかったなんて聞かせるつもりじゃなかったのに。くわえて、丸二日も目を覚まさなかったのも暴露されてしまう。

本当に全部バラすなよ、オイ。お前、本当に俺を嫌いだろ！

そして、いまだに俺の体が回復していない理由だが、元々容量が多い魔力を大量に放出したのが原因らしい。何かでチャージできれば良いのになぁ。

「最初にジュンヤに会った時、守りたいと思ったのは間違いではなかったのだな」

殿下が目を細めて、そう呟いた。殿下……背後に薔薇《ばら》が見えます。

その視線を振り切るように、俺は口を開いた。

「でも、浄化できるからと言って神子《みこ》と呼ばれたくないのです。それに、大丈夫だとは思いますが、歩夢君が俺みたいな目に遭う可能性があるなら避けたいんですよ」

「ジュンヤは心も美しいな」

王子様御乱心！　うっとり見つめないでくれ！

突然のデレに対応しきれません。また膝に乗せないで！　ほら、ダリウス以外、目が点ですよ！

「それで、今後の方針だけど……」

俺は浄化の巡行に神子《みこ》の料理番として同行する。淀《よど》みの原因の呪詛《じゅそ》は浄化するが、あくまで歩夢君の神子《みこ》としての立場は守るつもりだ。

王都に帰郷する途中見た、枯れた田畑と苦しむ人々。もし俺の浄化の力で彼らを助けることができるなら力になりたい。

しかし、浄化をすると今回みたいにしばらく動けなくなる可能性が高い。だから、侍従三人は全員ついてきて欲しい。それに護衛も知ってるメンバーが来てくれるなら嬉しい。

少しの間王都を離れることになるけど、来てくれないかな？

まあ、神殿問題も片づいたし、オレを狙う奴なんかそういないと思うけどさ。

みんなに願いを吐露《とろ》すると、全員快く頷いてくれた。

そこまで話すと疲れてしまい、後はマテリオが説明すると言ってみんなは出て行った。だが、殿下だけは部屋に残っている。

えっと、殿下？　聞かなくて良いんですか？

「後でエルビスに聞く。今はジュンヤと話したい」

俺は相変わらず膝の上に乗せられていた。重いだろうと訴えても、絶対下ろしてくれない。

俺はふうっと息を吐いて、殿下に頭を下げた。

「ご心配をおかけして、申し訳ありませんでした」

「あぁ、心配したとも。神殿は神子《みこ》に関しては絶対的な権限がある。今は会えぬと突っぱねられた。まさかそのまま何日も行方《ゆくえ》が分からぬとは思わなかったが、無事で良かった」

「俺も、殿下やみんなともう会えないのかと覚悟しましたよ」

「なんと言われた？　侍従を盾にされたか？」

俺はその問いに無言で返す。それによって暗に肯定を示すことになり、殿下は柳眉《りゅうび》を曇らせた。

「ただ、行った成果はありましたよ。俺のやるべきことが分かりました」

「ジュンヤはただでは転ばぬものな」

ククッと笑う殿下の表情は色気に満ちている。

最初こそ殿下の腕に囲まれてドキドキしたが、今はその温かな体温が心地よい。肩の力を抜いて殿下に身を委ねていると、彼はぎゅっと腕の力を強めた。

「いない間、頭がおかしくなりそうだった。だが、それによってハッキリしたことがある」

「なんでしょう」

「私はジュンヤを愛しているのだと気がついた」

「はぁ⁉ あ、愛って！ 殿下、落ち着いてください！」

俺は殿下の突然の告白に慌てふためいた。

だって、なんで急に⁉ これまで俺達の間にそんな雰囲気はなかったはずだ。殿下は綺麗だし格好良いし、性格も良い。しかも王子様だ。相手なんて選びたい放題だろう。

そんな彼が庶民の俺に惚れる理由があるか？

「ダリウスに体を触らせたそうだな」

ギクリ。なぜそれを知っているんだ……

「酔っていたので……」

「口づけをして、ココを可愛がったと自慢された」

やんわりと右手が、俺の股間を握った。ダリウス、余計なことを！ 全部言ってないよな⁉

「で、殿下！ ダメで、んむっ⁉」

言い訳をしようと開いていた口に、素早く舌が滑り込んできた。

殿下の舌が、クチュクチュと水音を立てながら、優しい動きで俺の舌に絡んでくる。

あっと言う間に体は甘く痺《しび》れ、脳が蕩《とろ》けて抵抗できなくなった。殿下は柔らかく微笑み、ゆっくりと俺を寝椅子に押し倒す。

俺……ピン……チ……！

「ジュンヤが神殿に連れ去られたことは分かっていたが、何処にやったのか神殿は白状しなかった。しかも、直ぐに戻ると言っていたのに何日も戻らず……地下牢も探らせたが、そなたは見つからなかった」

殿下は当時のことを思い出しているのだろう、苦しげな表情で俺の頬を撫でる。

「連絡できなくて。すみません」

「分かっている。――また枷《かせ》をつけさせてしまった」

「それは殿下のせいではありませんよ」

「守れなかったのは事実だ」

殿下は俺を真上から射貫く。その瞳の中で揺れる後悔と苦悩に、俺は胸が締めつけられた。

「あの時、私はちょうどダリウスがお前に触れたと知って煩悶《はんもん》していた。顔を見たら無体を働きそうで避けていた、そのほんの少しの隙に攫《さら》われた」

「その、アレは酔っていまして、えっと」

「責めている訳ではない。ただ、隙を作った己の未熟さを悔いているだけだ」

そう言って、殿下は軽く唇に触れてきた。でも、それ以上進む様子はなく、俺は緊張していた体から力を抜いた。

「マテリオから事前に浄化の話を聞いた。穢《けが》れた水が、ジュンヤに触れると透き通ってキラキラと輝いていたそうだな。恐怖と苦痛に耐えて、やり抜いてくれたと……教えてくれた」

また、リップ音を立てて軽くキスされる。

「浄化が完全になされた後は、意識がなく眠り続けたと。一時は呼吸が止まり、危険な状態に陥ったと聞いて、私は……」

殿下は言葉を区切り、俺の体を縋《すが》るようにぎゅうっと抱きすくめた。

——俺、そんなに危なかったんだ。

「……でも、やめませんよ？　次はもっと上手くやってみせます」

「そう言うと思った」

苦しそうに笑う、目の前の金色の瞳。

「私が支える。共に巡行に行くぞ」

「王位継承者が城を離れても良いんですか？」

「国を守れぬ者が王にはなれぬ。たとえ王にならずとも、私はすでにこの国と国民に命を捧げている」

「頼りにしてます、エリアス殿下」

俺は、殿下を心から尊敬している。国を守ると誓う彼の力になってあげたい。

その思いを胸に、俺は殿下を抱きしめ返して微笑んだ。

「しかし、私をこんなにも心配させたジュンヤに、罰を与えねばならないな。巡行でもきっと心配させるのだろう？　ならば、心配させればどうなるか教えてやろう」

「えっ？」

突然の台詞《せりふ》に目を瞬《しばたた》く。すると、すうっと彼の顔が近づいて、俺は驚いて思わず目を閉じた。

ちゅっ、ちゅっとリップ音を鳴らしながら殿下が優しくキスをする。俺の唇を割って、スルリと舌が滑り込んできた。

あれ……？　俺はやらかしたのでしょうか？

あぁ、でもなんだろう。殿下の舌って甘いな……。恥ずかしいのに、もっと欲しくなってしまう。

「ん、んぅ……」

俺は無意識のうちに自分から舌を絡めて、殿下の舌を味わっていた。

なんで自分から吸いついているんだろう。おかしいと分かってるのに、体は貪欲に殿下を求めていく。

「はぁ……ぁ……」

クチュ、クチュッと絡み合ういやらしい水音がする。唇が離れる僅《わず》かな間すら切ない。

「ジュンヤ、口を開けて舌を出せ」

俺は大人しく従う。なぜか分からないけど抵抗できず、命じられるままに精一杯に舌を差し出した。殿下は噛みつくように俺の唇を奪い、ジュルッと音を立てて舌を吸う。

「ふっうぅ、あぅ……」

殿下の逞《たくま》しい背中に縋《すが》りついていると、スルリと下穿《したば》きの中に手が滑り込んできた。すでに蜜を溢れさせていたそこは、殿下の指を濡らす。

「ん、や、はずか、しぃ……んくっ！」

キスの合間に訴えるが、口内を蹂躙《じゅうりん》する舌で言葉を塞《ふさ》がれた。

「心配させたお仕置きだ。恥ずかしいところを見せろ」

いつの間に紐を解いたのか、グッと下穿《したば》きを剥《は》ぎ取られた。こういったことに慣れてるのが伝わってきて、なぜか無性に面白くなかった。殿下は鋭くそれに気づき、すっと目を細めた。

「何を怒っている」

「怒ってません」

「怒っているだろう？」

認めない俺を咎《とが》めるように、グリュッグリュッと敏感な先端を捏《こ》ねる。

「あ！　あっそれダメッ！　殿下！　あっあっ！」

「理由を言え。言えばやめるかもしれん」

「あっ、あうっ！　言う、言うから、はな、して」

少し動きを緩められ、俺ははっはっと息をつく。

「そ、その、殿下はこういったこと今まで何人と、と思って……」

言った後で、ハッと気がついた。これ、嫉妬みたいじゃん。恥ずかしい！

瞬《また》く間に頬に熱が集まっていく。それを隠すように両腕で顔を覆った。

殿下は愛してるって言ってくれたけど、つき合ってる訳でもないし、俺の恋愛対象は男じゃない！　そもそも身分が違う。しかし、言ってしまった後では取り返しがつかない。

殿下は俺の両手を顔から引き剥《は》がし、纏《まと》めて上に引き上げた。

「自分から抱きたいと思ったのは、ジュンヤだけだ」

「あ、ま、待って」

そんな台詞《せりふ》は狡《ずる》い。深く口づけされて、舌を絡められながら陰茎を上下に擦《こす》られた。

「あっ、ああぅっ！　や、やめるって言ったのにっ」

高まる性感に、俺は必死に顔を振って訴える。理性と体の反応がちぐはぐで、頭の中が混乱していく。

「かもしれない、と言っただけだ。私の手でイク顔を見せるんだ。お仕置きだと言っただろう？」

「そんっ、な、ああん！」

シャツの前はいつの間にか全開だ。胸も舐《な》め回され、乳首を甘噛みされる。

乳頭を舌で抉《えぐ》るように舐《な》め、時に軽く噛みながら吸われると、気持ちよくて腰が震えた。

でも……俺が今ほしいのは……

「殿下」

「エリアスだ。名前を呼べ」

「エ、エリ……アス。キスして……」

俺は、唇を開いて殿下の舌を迎え入れた。甘い舌が口蓋《こうがい》を舐《ねぶ》り、歯列をなぞっていくと、頭の芯がぼうっとして陶然とした心地になる。

「んんっ、もっと……」

たっぷりと流し込まれる唾液は甘い蜜のようだ。

あんなに冷えて怠《だる》かった体は、今は燃えるように熱く、汗が滴《したた》っている。体を揺すって、もっと深い口づけを強請《ねだ》る。

押さえつけられた手を解放してくれたので、エリアスの背中にしがみついて、腰を振りながら強請《ねだ》り続ける。もう恥ずかしいなんて考えていられない。

「はっ、はぁん。エリアスぅ……もぅ、だめぇ！」

息苦しくなるほど口内を嬲《なぶ》られ、陰茎の先端を爪先でグリグリ責め立てられる。俺は堪《たま》らずに白濁を撒《ま》き散らした。

夥《おびただ》しい量の精液を吐きだしたにもかかわらず、陰茎はまだ萎《な》える気配はない。

……足りない。

「エリアス……おねがい……」

金色の瞳を見つめて、足をエリアスの腰に絡めた。彼の硬くなった物に腰を押しつけ、潤《うる》んだ目を向ける。

「キスして……」

自分の声と思えないほど甘く、いやらしい声だった。

「ジュンヤ……後悔するなよ。お前が誘ったのだ」

殿下が硬くそそり立つ陰茎を取り出し、俺の物と合わせた。熱くて、大きい。

二本纏《まと》めてグチュグチュと音を立てて扱《しご》かれる。同時に首すじに吸いつき、舐《な》めまわされて、ゾクゾクと全身が震えた。

ふいに鎖骨辺りにピリッと痛みが走る。その痛みさえ快感に変換されていく。

「あ、あん、エリアス……」

「ジュンヤ、イヤらしくて可愛い」

「や、あっ！　こわい……いい……きもちいい……」

——俺は、何を言ってるんだ？　こんなことは、してはいけないのに。

貪るように深い口づけを与えられ、甘い唾液を啜《すす》りながら、エリアスの熱い陰茎に自身を擦《こす》りつける。

もう、なんでも良かった。チカラが体中を駆け巡り、頭が真っ白になるほど心地いい。

「あ、あん、も、ダメっ、あああっ!!」

「私も、イクぞ！」

胸にビシャリと熱い雫《しずく》が迸《ほとばし》った。

「口を開けろ」

従った俺の口に、白いドロリとした蜜を纏《まと》った指が入り込んで、丹念《たんねん》に舌に塗り込められた。熱いチカラは、理性を吹き飛ばして激流の中にいるような快感と陶酔を俺に与える。

俺は殿下の指に夢中で吸いついた。

「あまい……おいしい……」

「可愛いな。もう一度口を開けなさい」

「はい……」

何度も繰り返され、俺はちゅうちゅうと舌を絡めて味わった。

「いずれ、全てを私の物にするから覚悟しろ」

そんな囁《ささや》きが耳元で聞こえた。あんなに疲れて怠《だる》かったはずなのに、今はとても体が温かく満たされ幸福感でいっぱいだった。

俺はうっとりとエリアスの熱い胸に顔を擦《す》り寄せ、いつの間にか眠ってしまった。

side　エリアス

神子《みこ》召喚が行われ、神子《みこ》が王宮で暮らし始めると、様相が一変した。

それまでは冷たく暗い空気が漂っていた王宮が、明るく和やかになった。それは良い。

問題は父上が腑《ふ》抜《ぬ》けてしまったことだ。

それまで、父上はどちらかと言うとジュンヤのような色気溢れるタイプが好みだった。しかし、神《み》子《こ》が全てを受け入れ、無邪気に微笑むと、その姿に魅入られたようだった。

これならばジュンヤには手を出さないだろうと安堵したが、後に私の読みの甘さを痛感することになる。

父上は、毎日神子《みこ》に会わねばいられぬと執務室を抜け出し、神子《みこ》の部屋へ入り浸った。

臣下が諫《いさ》めても言うことを聞かず、陛下の印がなければ通らぬ案件以外は私に回される羽目になった。

通常の執務に加えて国王の仕事も担《にな》うことになり、当然ゆっくり休む余裕もない。

そのせいで、ジュンヤを気にかけてはいるものの、何もできずエルビスからの報告を聞くだけに留まっていた。

だがある日、ジュンヤが倒れたと聞き、急ぎ執務を終えて離宮へ訪れた。

そこで見たのは、ベッドから立ち上がろうとして崩れ落ち、倒れないよう必死に耐える彼の姿だった。私は無意識に駆け寄り、体を支えた。

……細い。最初に会った時より顔色も悪い。

あの時は、細いがしっかり鍛《きた》えられた体だったと記憶している。

食事が合わないらしいのは、エルビスからの報告や神子《みこ》の様子で知っていた。

ジュンヤは何も文句を言わないので困る。そう言ってエルビスは何度も私に相談に来た。ジュンヤは曖昧《あいまい》に微笑みながら、誰のことも信じていないのだ、とエルビスは嘆《なげ》いていた。

抱きとめた体を引き寄せると、顎《あご》にジュンヤの髪が触れた。香油で艶《あで》やかさを増している黒い髪は、ほんの少しクルリとした癖があり、思うさま触れて感触を楽しみたいと思った。

離宮で使う石鹸《せっけん》や香油は馴染みの品のはずなのに、抱きしめた体からは私の知らない甘やかな香りがした。ベッドに横にさせ、顧《かえり》みてやれなかったことを謝罪する。

そして、調理場を自由に使う許可と、全面的な協力をすると約束をした。

王宮でも神子《みこ》への対応に困っていて、協力してもらうことでジュンヤの立場を確保したかった。外出についても、少しずつ行動範囲を広げる努力をすると告げる。すると、黒い瞳が喜びに煌《きら》めいていた。

自死を願ったあの激しい眼差しは、今、子供のように期待に満ちた光を取り戻している。それを心から嬉しく思った。

陛下が騎士にジュンヤとの会話を禁じていたことは最近知った。あの美貌で騎士を籠絡《ろうらく》し、脱出、もしくは神子《みこ》を害すると思ったらしい。父上は色ボケが激しいようだ。

父上は愛人だらけだが、誰もが自分と同じように性に奔放《ほんぽう》だとは思わないで欲しい。

とはいえ、ジュンヤは自分の容貌がどれほど蠱惑的《こわくてき》なのか自覚がないらしい。少々脅かしすぎかと思ったが、強めに注意を促した。

その後、私のもとにもジュンヤから差し入れが届けられた。

忙しい私を気遣ってか、すぐ食べられる物がほとんどで、中でもピザという物はとても美味しかった。たまに神子《みこ》と食事をする機会があるが、オムライスという食べ物は、特に気に入った。神子《みこ》曰く、コメではないので本物とは少し食感が違うのだとか。

ある日、神子《みこ》が料理を食べた途端、ジュンヤの作った物ではないと騒ぎ出した。

私は同じ味に感じたが、問い詰めると、料理人達が食事をすり替えたらしい。自分達の腕を試したかったのか？

神子《みこ》は私に、以前にも同じことがあり、自分は絶対に違いが分かると訴えた。

だが、少々身振りが大袈裟なのだ。口を尖《とが》らせて訴える姿が可愛いと父上達は思うのだろうが、私には芝居がかって見え、興が醒《さ》める。

神子《みこ》の話を聞くと、ジュンヤの作った食事を口にすると、力がスムーズに使えるらしい。確かに、こうして神子《みこ》と食事をしたりジュンヤを訪問して茶菓子を食べたりしていると、自分も次の日は調子が良い。

料理長ミハナの報告によると、ジュンヤは王宮料理人の仕事を取りたくない、と言っているらしい。気遣いのある良い男だと思う。

だが、神子《みこ》のたっての要望ということで、料理を作り続けているという。

私が影に命じ調べると、神子《みこ》はジュンヤの料理を毎日とても楽しみにしているそうだ。

エルビスがジュンヤの負担軽減を訴えたが、神殿は毎食提供しろと圧力をかけていた。なぜそこまで執着する？

しかもジュンヤが騎士を籠絡《ろうらく》しているなど、あり得ない噂も流れていた。父上はなぜそんな真似を？　二人に軋轢《あつれき》を生じさせようとしているのか？

神子《みこ》もジュンヤも知らない、父上や神殿側の事情があるようだ。

私は引き続き調べる決意をし、それにくわえてダリウスと話す必要があると思った。

まずは、ジュンヤとダリウスを引き合わせるべく、騎士棟を見学させることから始めた。だが、その結果は想像以上のものとなった。

「それで、どの程度魔力が上がったのだ？」

「そうだな……ジュンヤの料理を食べた奴は二倍というところだ。怪我人は治癒の加護までもらってたぞ。食えなかった連中はいまいち信じられなかったようだが、食った連中の魔力テストをして見せたら全員が納得した」

「無意識でそれなら、意識して調理すればどうなるか……」

「触っても良いらしいぜ。俺の電撃を受けた三人だけどな、火傷《やけど》は消えちまったそうだ。口止めはしているから安心しろ。まぁ、すっかりジュンヤに心酔しているから、拷問されても口は割らないだろうな」

ダリウスはニッと悪戯《いたずら》っぽく笑った。

彼の話が本当なら、騎士は全力でジュンヤを守ってくれるだろう。ひとまず安心だ。

後は、魔導士とも上手く引き合わせなくては。だが、神殿が己の過ちを認めるだろうか。

「そうか」

「なぁ、神子《みこ》ってことは、だ」

「——そうだ」

言外にダリウスがジュンヤが純潔であることを確かめてくる。私は彼の目をまっすぐに見つめて、頷いた。

そう、ダリウスにだけは打ち明けていた。神子《みこ》は純潔の者、つまり処女だ。あの美貌で処女。

「おい、こんなところでもよおすな」

ふとダリウスを見ると、彼の下腹部が兆《きざ》しているのに気がついた。私はキッと彼を睨みつける。

「仕方ないだろ？　お相手願いたい美人が処女だなんてよ。お前も勃《た》ってるぜ、むっつり王子様」

言われてハッと自分の下腹部に目を向ける。信じられないことに私自身も反応を示していた。

ふむ……あまりないことだが。

「むっつりとは失礼な奴だ、ヤリチン団長殿」

「はっ！　クソ真面目な顔でテント張ってるより、ずっと分かりやすいだろ？　俺はこの後娼館にでも行くさ。お前は閨《ねや》係にでも頼むんだな」

「全く……それはともかく、城下町へジュンヤと共に向かう時は十分注意してくれ。くれぐれも手を出すなよ」

「ハイハイ。じゃあな」

ダリウスは聞いているのかいないのか分からない態度で、執務室を後にした。

私はその背中を複雑な思いで見送るのだった。

◇

その日、ダリウスの報告を聞きながら、私は自分が怒っているのか、羨んでいるのか分からなかった。言いようのない感情が胸に渦巻いている。

城下町へ行ったジュンヤの様子を聞き、楽しそうに街を歩く姿を想像する。

あの濡れて輝く黒い瞳で街を見たのだろう。私に一瞬だけ見せた本物の笑顔が、一日中溢れていたに違いない。そう思うと、自然と笑みが零れた。

特に、ノルヴァン商会の件は素晴らしい。髪を晒《さら》したこと以外は。しかし、黒髪を武器にして立ち回るとは……心配ではあるが、この目で見たかったというのが正直な感想だ。

「俺は本気で惚れちまったぜ。握手しようとする図々しい奴を止めようと思ったんだがな、邪魔すんなって睨まれた。堪《たま》んねぇ目をしやがる」

ダリウスは口端に笑みを乗せながら、そう宣《のたま》った。

そしてこの後の話は、少々、いや、かなり私を苛立《いらだ》たせることになる。

久しぶりに飲んだらしいジュンヤが、酔っていやらしくしなだれかかってきたとか、ダリウスの体に触れてきたとか、「一人でシたい」とか言っていたらしい。

「可愛く擦《す》り寄ってきてなぁ。一人でスるって言うんで手伝ってやったんだ。言っとくが挿れてねーから、処女のままだからな？」

なんだと⁉　手伝うとは何をした？

詰め寄る私に、ダリウスはニヤニヤとしながら語り出した。その時の情景を思い出しているのだろう。彼の瞳は情欲に濡れていた。

「男に触れられた経験がないからだろうなぁ。羞恥で肌が紅潮して色っぽかったぜ？」

……私は今、どんな顔をしているのだろうか。

ダリウスはこちらの様子に構うことなく続ける。

「で、キスが好きだっておねだりしてきて、最後は可愛く腰を振ってたな。あー最高」

それからもダリウスは事細かにジュンヤとの情事について話す。まるでわざと私に聞かせているようだ。

ダリウスの口から語られるジュンヤの媚態《びたい》を想像すると、頭の中が赤く染め上げられていくようだった。

「――貴様！」

気がつくと私は立ち上がって、ダリウスの胸倉を掴み上げていた。鋭く睨み合う。

「挿れてないんだから無事だって」

挿れなければ良いと思っているのか!?　……いや、だが、私ならどうしただろう。

私はダリウスの襟元から手を離した。落ち着くため、二人で冷めきった茶を啜《すす》る。

「でもな、悪いが俺は後悔してない。あと、神子《みこ》だのなんだの関係なしにあいつを守ると決めたから、そこは安心してくれ。本当に神子《みこ》なら、浄化が終わるまでは耐える。神子《みこ》じゃなかったら即抱くけどな。絶対に俺の物にする」

堂々と、後悔していない、いずれ抱くと宣言するダリウス。

安心して良いのか、不安に思えば良いのか分からない。何よりも、私のジュンヤに触られたことに怒りを覚えている。こんな感情は今までなかった。

この後も、ジュンヤに会いたくて……会いたくてたまらなかった。

だが、服で隠れていたとしても、ダリウスの所有印をつけられたという体を見るのは苦しく、すぐに会いに行けなかった。

……それをあれほど後悔することになるとは。


ダリウスからジュンヤとの話を聞いた後、私は一人自室で煩悶《はんもん》として過ごしていた。

私はジュンヤに性的に反応したことはない。守りたいと強く願っていただけだと思っていた。

しかし、ダリウスがあの体に触れたと聞いて、今、心の中は嵐の如く荒れ狂っている。

私が一番に触れたいと思っていたのか……

こんな風になって初めて、独占欲とはかくも凶暴な感情なのだと知った。

ほんの一日。心を落ち着かせて会いに行こうと思っていた矢先、ジュンヤが神殿に連れ去られ、戻らないと連絡が来た。

離宮でエルビスと落ち合い、その現場にいたノーマに話を聞くと、神官と神兵が連れて行ったという。理由は告げられていない。

ジュンヤに同行したヴァインは、一度スパイスなどを取りにきた。

彼にどういう状況なのか尋ねたものの、調理を命じられた以外は分からないと告げ、神殿に戻って行った。その際も神兵がつき、他の者の同行は拒否されたとか。

私は急ぎ神殿に向かったが、大司教はのらりくらりと躱《かわ》すばかり。気配を探ってもジュンヤとヴァインの行方《ゆくえ》は分からなかった。

しかしヴァインのみ、翌日、うな垂れて帰ってきた。

王宮にマテリオがいないことから、奴が関係していると推測したが、二人共見つからないままだった。

……もしかして、神子《みこ》の可能性が高いジュンヤを、どこかの汚染地帯に連れて行ったのではないか？

最悪なのは、ジュンヤが浄化を成功させ神子《みこ》と証明された時、神殿が間違いを認めずに彼を闇に葬《ほうむ》り去ることだ。

私は必死で捜索を進めた。ダリウスも荒れ狂い大変な騒ぎだった。近衛隊総出で捜索したが、ダリウスの激怒に当てられて王宮はギスギスしていた。

ようやく、可能性のある場所を探し出した時には、四日も経っていた。

翌日、ジュンヤの帰りが伝えられた後、神殿に行くと、大司教はひたすら平伏し、己の過ちを悔いていた。

しかし、命の危険がある浄化に神官を一人しかつけなかったとは、ジュンヤの命を軽んじていた証拠に他ならない。マテリオに説明を受けたが、ジュンヤが命を落としかけたと知り、剣にかけた手を必死で抑えた。

ジュンヤは体調を崩しているらしく、休ませて明日、離宮に帰すと言われた。だが、すぐにでも離宮に戻りたいはずだ。

部屋に迎えに行くと、ジュンヤは白い顔でシーツに丸まって眠っていた。頬に触れるとひんやりしていて、胸が引き絞られるように痛む。

私は細くなった体を横抱きにして部屋を出た。

エルビスと神殿の廊下を歩いていると、ジュンヤは私の胸に頬と体を擦り寄せ、縋《すが》りついてきた。

やがて目を覚まし、私を見て驚いている。寝ぼけているのか、無防備で愛らしい。

「あ、あ、あのぅ……本物の殿下、ですか？」

「これほど触れ合ってるのに、違うと思うのか？」

黒い瞳に吸い寄せられるように唇にそっと口づけると、ジュンヤはきょとんと私を見つめる。

その様子に満足した。今、頭の中は私でいっぱいだろう。他の男など追い出してやる。

馬車内で膝に乗せると、焦りだして降りようとするが全く力が入っていない。

浄化がジュンヤにとってどれほどの負担だったのかが窺《うかが》えた。グッと抱きしめ、二度と目の届かないところへは行かせないと誓った。

それから離宮に帰り、ジュンヤは皆が集まる部屋で一人一人と話していた。やがてマテリオがやってきて、詳しい説明があり、ジュンヤが遭遇した危険な状況が全て暴かれていた。

ダリウスは私がジュンヤを抱き込んで離さないのも不満だろうし、守れなかったことに苦しんでいる。ダリウスも抱きしめたいと思っているのは知っているが、渡す気はない。

そろそろジュンヤが疲れているので、休ませたほうが良いと皆は出て行った。

私は二人きりで話したいと部屋に残る。

「私はジュンヤを愛しているのだと気がついた」

そう告げた途端、ジュンヤは真っ赤に頬を染め慌てる。なんとも可愛らしい。

いつもなら軽口で切り抜けるだろうが、弱っているせいか隙が多く何度も可愛い表情を見せてくれる。

「ダリウスに体を触らせたそうだな」

私の言葉にびくりと震える体を腕の中にしっかり抱き込んで、決して逃さない意思を示す。

「酔っていたので……」

おずおずと、小さな声で言い訳しているが、酔っていたからで許すと思うのか？

「口づけをして、ココを可愛がったと自慢された」

まだ柔らかいソコを握り、やわやわと揉《も》みしだく。

不思議だ。普段は閨《ねや》係が自ら準備した上で、まず私に奉仕をする。だからこんな風に誰かのモノを握ったことなどない。

挿れて、突いて、出す。時に舐《な》めさせ奉仕させる。単なる性欲処理。それだけだった。それが私のセックスだった。

貴族として処女相手の知識もあるが、基本は奉仕させる側なのだ。だが、ジュンヤには触れたくて、よがらせたくて堪《たま》らない。

「で、殿下！　ダメで、んむっ⁉」

衝動的に、開いた唇に口づけ舌を差し入れる。

……ああ、ジュンヤの舌はなんと甘美な味わいなのだ。

そのまま寝椅子にゆっくり押し倒し、覆い被さった。少し抵抗されたがか弱い力で、それを押さえることなど赤子の手をひねるようなものだ。

そして、守れなかったこと、また枷《かせ》をつけるような目に遭わせたことを詫《わ》びる。

「それは殿下のせいではありませんよ」

――いつもそうだ。ジュンヤは誰も責めようとしない。私は責めて欲しいのだ。

怖がらせないように、だが決して逃さぬように軽い口づけを繰り返す。すると、ジュンヤの強張った体から力が抜け、私に体を預けてきた。

浄化の際に死にかけたと聞いて、どれほどショックだったか分かるか？

そんな思いも込めて、話をしながら何度も口づけを交わす。私は彼を失うかもしれない恐怖を思い出し、無意識に強く抱きしめていた。

その時の感情をジュンヤに吐露《とろ》したものの、ジュンヤは不敵に笑ってみせる。

「……でも、やめませんよ？　次はもっと上手くやってみせます」

ああ、ジュンヤならそう言うと思った。やめさせたくとも、やめないだろうと。

「そう言うと思った」

苦しさを押し殺し、私は笑ってみせた。そして、共に巡行に行くと決めた。今度こそ守り抜く。

だがその前に、これほど心配させたお仕置きをしなくては。

「えっ？」

深い口づけを交わし、舌で温かな口内を堪能する。身を捩《よじ》り、逃げようと足掻《あが》いていたが、私の舌を絡ませ撫でると気持ち良さそうに喘《あえ》いだ。

「ん、んぅ……」

可愛く啼《な》く声に満足し、互いの唾液を混ぜ合う。初めは少し抵抗されたが、次第に私の舌を追いかけ、絡め始める。

クチュックチュッと音を立て、求め合いながら、体を弄る。下穿《したば》きの紐も素早く解いておいた。

「ジュンヤ、口を開けて舌を出せ」

敢《あ》えて命じてみた。

ジュンヤは目を閉じて、うっとりした表情で舌を差し出す。私はジュルリと音を立て吸ってやった。その刺激に、彼の体がピクピクと震えるのが愛しい。

私の背中に腕を回し、縋《すが》りつく様は官能に満ちていた。

私は素早く下穿《したば》きの中に手を入れ、既に蜜を零す陰茎を愛してやる。恥ずかしい、そう訴える言葉は口づけて封じる。

「心配させたお仕置きだ。恥ずかしいところを見せろ」

下穿《したば》きを剥《は》ぎ取ると、なぜか少しムッとしている。

なぜ怒る？　こうされるのは嫌だったのか？

「何を怒っている」

「怒ってません」

嘘つきめ。私はジュンヤの鈴口を少し強めに抉《えぐ》る。すると、彼は嬌声を上げ、蜜を零した。少し痛いのが好きなのだろう。

ああ、私にこんな一面があったとは。私の手でもっと悶《もだ》えるが良い……

両腕を拘束し、思う様その肢体を嬲《なぶ》る。

「怒っているだろう？」

「あ！　あっ、それダメッ！　殿下！　あっあっ！」

「理由を言え。言えばやめるかもしれん」

「あっ、あうっ！　言う、言うから、はな、して」

少し責めを緩めると、ジュンヤはようやく本音を零した。

「そ、その、殿下はこういったこと今まで何人と、と思って……」

それは嫉妬か？　少しは私に気持ちを寄せてくれていると自惚《うぬぼ》れていいのか？

「自分から抱きたいと思ったのは、ジュンヤだけだ」

そう、こんなにも全てを奪いたいと思ったのは初めてだ。だが、もっとも奪いたい最奥を暴くことは、まだ許されない。

代わりに、私を求めてくれる熱い口内を犯す。

硬く反り返り、ビクビクと震え、いやらしく蜜を零すジュンヤの陰茎。その蜜を塗りつけながら、上下に扱《しご》くと、悶《もだ》えながら抗議される。

やめるかもしれない、と言っただけ。やめるなどと言ってはいない。

「私の手でイく顔を見せるんだ。お仕置きだと言っただろう？」

はだけさせたシャツの狭間から見える、蜜色の肌に浮かぶ桃色の突起。ああ、神樹の花のようだ。

ピンと尖《とが》り、私に舐《な》めて欲しいと訴えているように見える。舌で転がし甘噛みをすると、ジュンヤは愛らしく喘《あえ》ぎ、腰を擦《す》りつけてきた。

「殿下」

名前を呼べと命じる。一人の男として呼ばれたい。

「エ、エリ……アス。キスして……」

口を開けて強請《ねだ》られるままに与える。

「んんっ、もっと……」

奪いながら、奪われる。

互いの体液を啜《すす》りあいながら、一つに融《と》けてしまいそうだ。

冷えていたジュンヤの体が汗ばみ、壮絶な色香が立ち上っている。手を押さえつけられ、拘束されながら、陰茎を弄《もてあそ》ばれ歓喜する。そして絶頂に達するその姿をつぶさに目に焼きつけた。

もっといやらしい体にしてやりたい。

私の与える唾液が欲しいと何度も飲み込む表情は、恍惚《こうこつ》としている。押さえつけていた手を解放すると、ジュンヤはそれを背に回し、私の腰に足を巻きつけた。

「エリアス……おねがい……キスして」

——これは、本当にジュンヤなのか？

なんと甘くいやらしい誘いだ。完全に我を忘れて愉悦に浸り、より深い愛の交歓を求めている。

口づけを重ねるほど、互いが激しく燃え上がり高ぶる。ジュンヤの甘い唾液が体内の隅々に行き渡って、力が漲《みなぎ》っていくのを感じる。

きっと、私の注いだモノはジュンヤの中に溶け込んでいるのだ。それが媚薬《びやく》のように乱れさせているのかもしれない。

これは、もしや魔力の循環というものなのか……？　これまでのセックスでそんな経験はない。

だが、限界だ。考える力など残っていない。

「ジュンヤ……後悔するなよ。お前が誘ったのだ」

私とジュンヤのモノをまとめて握り、彼の手を添えさせる。

誰からも見えるように首筋に所有印をつけ、鎖骨にも軽く噛み跡と所有印をいくつかちりばめる。

途端、美しい花が咲いた。

ジュンヤは噛まれて感じ、甘い啼《な》き声を上げている。

「や、あっ！　こわい……いい……きもちいい……」

求められるままに、口内に溜めておいた唾液を流し込む。ジュンヤはそれをすぐに飲み込まず味わっている——ああ、なんて光景だ。素晴らしい。

もう耐えきれず、性急に互いを擦《こす》りつけ合う。そして、ジュンヤはごくりと唾液を飲み込んだ瞬間、達した。それを見つめていた私もジュンヤの胸に白濁を撒《ま》き散らした。

「口を開けろ」

最奥に出したい欲求が止まらない。吐き出した白濁を指に絡め、荒い息をつくジュンヤの口をこじ開け、無理やり舌に擦《こす》りつけた。

「可愛いな。もう一度口を開けなさい」

「はい……」

「いずれ、全てを私の物にするから覚悟しろ」

ジュンヤは目を潤《うる》ませながら、ちゅうちゅうと音を立てて指を吸う。その姿に満足し、何度もそれを繰り返した。私を求めている、それがただ嬉しい。

やがて、腕の中で眠りについた体をベッドに移動させる。すっかり体は温かくなっている。私の体温が移ったようだ。

これまでこのようなことをした経験はないが、自らの手でジュンヤの体を清める。

そっと腕の中にしまいこみ、抱きしめて髪を撫でる。ずっと一緒にいたいが、戻らねば……

私が生まれて初めて欲しいと思ったのは、時空を超えてやってきた黒い宝石だった。

◇

俺はダリウスに会いに騎士棟に向かっていた。

彼が俺のことをすごく心配していたと聞いたからだ。

足元がまだ覚束《おぼつか》ず、広大な騎士棟を歩き回る自信がない。帰りが心配だ。

途中で休憩を入れるか、もしもの時はエルビスが背負うと言ってくれた。なるべく面倒をかけないように気をつけよう。

騎士棟を歩いていると、すれ違う騎士達から口々に体を気遣う言葉をかけられた。

どうやら先日のダリウスとの一件のことを、みんな心配してくれているみたいだ。俺は苦笑で応え、礼を言いながら進む。

あの日のことは忘れよう。ダリウスにちょっとからかわれただけさ。

騎士達が教えてくれたけど、彼はかなりの好き者で絶倫らしい。一度に数人相手にするのだそうだ。聞きたくないです！

ダリウスの部屋の前に着き、コンコンとノックする。ドアが開き、ダリウスがなんだか神妙な顔で迎えてくれた。

ちなみに今日はエルビスがつき添ってくれている。絶対二人にしないと宣言されているのだ。イスに座ると、ダリウスが自らお茶を出してくれたので驚いた。

「なんだよ、騎士は自分の身の回りのことは全部やるんだぜ？　身分に関係なくな」

「そうなんだ、偉いな」

「上手いかどうかは別だけどな」

そう言って苦笑する。頑張っても苦手な物はあるだろう。

「わざわざ、どうしたんだ？」

「帰ってきた日は話せなかったから」

「エリアスに捕まってたもんな。ハハッ」

俺は殿下との情事を思い出し、顔が熱くなるのを感じた。それを振り切るように言葉を紡ぐ。

「えっと……心配してたって聞いたから」

「当然だ。忙しくて会いに行けなくて悪かったな」

「あ、いや、いいんだ。ダリウスが忙しいのは知ってるから。心配かけてごめんな」

なんだろう、いつもと違う。

ダリウスの態度がどこか他人行儀な感じだし、表情も作り笑いみたいだ。

あの夜のこと、忘れたいんだろうな。俺、勝手に意識して馬鹿だ。

ダリウスはモテるけど、相手が本気になると別れるって聞いた。エッチが上手いし、優しいから、夢中になっちゃう男娼も多いらしい。

それに、騎士同士は恋愛関係なしに性欲処理し合うとか。

そんな話は知らなくて良かったのに、ここに来るまでに、聞いてもいないのに聞かされた。

俺なんか、ダリウスにしたらそこら辺の石コロだ。今の態度も、一度そういう関係になったからって勘違いするな、ということなんだろう。

別にそんなの分かってるのに。

「あのさ、浄化の旅に、歩夢君の護衛として来てくれるんだろう？　しっかり守ってくれ。あの子、元の世界じゃまだ子供でいられたんだ」

そう、ダリウスは俺の護衛じゃなく、歩夢君の護衛として旅に同行することになった。

「言われなくてもついて行くさ。神子《みこ》様を守るためにな」

「ありがとう。俺ももう迷惑かけないように頑張るから。あと、あの時、ごめんな。迷惑かけた。

それを謝ろうと思って。じゃあ、な。もう帰るわ」

俺はいたたまれなくて、さっと立ち上がってドアに向かった。心配してたなんて聞いて、嬉しくなって、のこのことダリウスのもとを訪れた俺がバカだった。

そう思いノブに手を伸ばした瞬間——後ろから抱きしめられた。

「行くな」

「……何？」

驚いて体が硬直する。ハッと我に返って振り払おうとしたけど、太い腕で引き寄せられ、身動きが取れない。控えていたエルビスが飛んでくると思ったのに、見守るつもりみたいだ。

「俺のしたこと、怒ってるか？」

「それ……あの日の話？」

「そうだ。かなり、めちゃくちゃにした」

「い、いや、でもほら。むしろ、俺が酔っ払って迷惑かけたろ。お互い様。はい、もう終わり」

突然あの日のことを蒸し返され、俺は慌ててそう言い放った。

エルビスがいるのにやめてくれ！

「離してよ」

「……死にかけたって？」

俺が離宮に帰ってきた日、マテリオに聞いたのだろう。余計な心配をかけたくなかったのに、どうしてみんなに話してしまうんだとマテリオを恨めしく思う。

「俺、ずっと疲れて寝てただけだ。まったくマテリオの奴、余計なことを話して！」

「余計じゃないだろ。大事な話だ。散々な目に遭ったのに、それでも浄化してくれたんだろう？」

逃げようと身を捩《よじ》るけど、抱きしめる腕の強さは増すばかりだ。

ダリウスは俺の髪に顔を埋めてため息をついた。まるでここに俺がいることに安堵しているかのようだ。……やっぱり心配してくれた、のか？

「誰かを見捨てる自分が嫌だからやったんだ。この先も同じ。全部俺の自己満足だよ。もういいだろ？　離して。もう迷惑はかけないから」

「お前はカッコ良いな。それと、俺は別に迷惑だとは思ってない。不甲斐なくて不貞腐《ふてくさ》れてただけだ」

「何それ。なぁ、離せって」

ダリウスの腕の中でもがく。その時、彼が俺の耳元で喘《あえ》ぐように言った。

「エリアスには渡さない」

「えっ？」

「お前に惚れてる」

ダリウスの言葉に、心臓がドクンと跳ねた。

ダリウスが俺を好き？　……いや、ありえない。だって、来る者拒まず去る者追わずなんだろ？

色事に長《た》けてるっていうし、これだってからかってるだけだ。

「返事は？」

「信じられない」

俺はすげなく彼の告白を撥《は》ねのけた。

「……何か聞いてるな？」

「別に？　少なくとも、お前はヤれない相手に惚れる男じゃないだろ？　俺はあんなことされたの初めてだったのにさ。おい、ホントに離せよ！　エルビス、見てないで助けて」

「エルビス、来るな。今は大事な話をしてる」

俺を助けようとエルビスが動く気配があったが、すかさずダリウスが低い声で制した。良く見えないけど、対峙《たいじ》する二人の間には緊迫感が溢れてる。

ダリウスは拘束を緩めて、俺の体を自分のほうに向かせ、また抱きしめてきた。ちょっと息苦しい。

ちょうど胸の辺りに顔が来るから、押しつけられると何も見えない。

尻の下に腕が来たと思ったら、右腕一本で体を持ち上げられた。

「うわっ！」

思わず胸元にしがみついてしまう。そのままダリウスがベッドの上に座り、俺は彼の腿《もも》の上に跨《また》がるように乗せられる。

この状態だと少し彼の顔を見上げる形になる。顔が近くて、心臓が早鐘を打つ。

「何これ」

「ちゃんと目を見て話そう」

「必要ない。離せ！　どうせ、ヤりそこなった奴に殿下が興味を持ったから気になるだけだろ⁉

離せよ、馬鹿力！」

手足をバタバタさせながら抵抗するが、腰と背中をホールドされてなんの役にも立たない。どうしてエルビスは助けに来ないんだ⁉

「エルビス‼　コイツなんとかして！」

「事前に話をしたいと頼まれています。必要な時は引き剥《は》がします」

何それ。いつの間に連絡取ってたんだ？　それに既に必要な時だと思うよ？

「じゃあ、話って何？　くっつかなくても話はできるだろ。早く終わらせて」

ダリウスの、この手慣れてる感が本当に苛立《いらだ》たしい。俺は不機嫌に彼を睨みつけた。

「お前とヤれなくても、大切なのは変わりねーよ」

「嘘つき。俺がいない時だって娼館に通ってたって聞いた。しかも毎回複数相手だって？　誰でもいいんじゃん」

「誰に聞いた」

「ここ来る途中に、みんなが教えてくれた。団長には気をつけろって。俺があの日してないのもびっくりしてたよ。ダリウスがあり得ないって！　俺がいないのも、アンタにめちゃくちゃされて寝込んでると思ってたってよ。ヤらなかったのは、処女だと後が面倒だと思ったんだろって！」

「奴ら……」

俺が捲《まく》し立てると、ダリウスは渋面を作った。その表情が、俺の言葉が真実だと如実に語っている。

ほら、やっぱり俺がいなくてもヤレる相手がいれば良いんだろ？　処女は面倒とか悪かったね！

俺は関係ないし、ヤらない。永遠に清いままが希望だ！

……って、そもそもなんで俺は怒ってんの？　俺に興味なくなったと感じたから？　良いじゃん、興味なくなっても。どうしてこんなに苛々《いらいら》するんだ。俺もどうかしてる。

「はーなーせー!!」

俺は必死になってダリウスの腕から逃れようともがいた。すると、顎《あご》を掴んで上向きにされ、視線を合わされた。

うっ！　こ、怖くないからなっ！　本当はかなり怖いけど、負けないぞ！

「お前な、マテリオに遺言を遺しただろう」

あの野郎ーー!!　全部話す奴があるか!?　確かに、死ぬかもしれないと覚悟はしたよ。でもそういうのは生きてたらバラしちゃダメだろ？　今度会ったら容赦しない。

「なんの話？」

顔を背けてとぼけようとしたが、顎《あご》を拘束されているのでビクともしない。目を覗き込まれたので、睨みつけて耐える。ヤバイよ、猛獣の目だ。

「絶対に死なせない。神子《みこ》とか渡りとかどうでも良い。お前だから欲しい。あの後娼館通いしちまったのは、お前のいやらしい顔が忘れられなかったからだ。見つからない怒りもそれで誤魔化してた。だが、もうお前以外しない。だから信じてくれ」

はぁ⁉　もうお前以外しないって、何？

「意味が、分からないん、だけど」

「ところで、コレはどうした？」

困惑していると、ダリウスに右の首筋を指でツッとなぞられた。

「触んな」

「エリアスか？」

「殿下がなんだっての⁉　……あ」

あれ？　もしかして殿下につけられたキスマークか？　でも、タイで隠れてるんじゃ？　隙間から見えたのか？

いや、カマをかけてるかもしれないぞ。ただ、朝エルビスが触れたのは確かにその辺り……

「知らないな」

「ほう。心当たりはあるようだが？」

「知らない」

今こそエルビスの出番じゃないの？　ねぇ、なんで空気なの？　助けてエルビス！

「信じてもらえるように態度で示していく」

「いやいやいや、どうぞ他の人と存分に楽しんでください。嘘か本当か分からないけど、浄化のためにはヤっちゃダメらしいし、将来ヤる予定もないし、そのうち出てくし！　将来のある団長様が、何処の馬の骨とも分からない異世界人とどうにかなるとか、ありえないと思うし！」

届け、俺の全力スピーチ！

「出ては行かせない。出て行けると思ったら甘いぞ。エリアスも全力で阻止してくるからな。それと、最後まではダメだが、こっちは可愛がっても大丈夫なようだしな」

重低音の震え上がるような声でそう宣言するダリウス。その手は俺の陰茎をするりと撫でた。

「待った、待った！　何してんの、ダメダメダメ！」

「心配するな、今日はしねーよ」

ダリウスは顔を近づけると、ニヤリと笑った。彼からは凄《すさ》まじい色香が漂っていて、心臓がバクバクと煩《うるさ》い。俺の心音が彼に聞こえていないかと不安になるくらいだ。

「俺は絶対にしないぞ……」

「そう言ってられるのも今のうちだ。ずっと、イカせてやる。ヤれるようになったらな」

俺、再び……ピン……チ……？

「そこまでですよ、ダリウス」

あと少しでキスされる。そんなギリギリのところで、エルビスが俺達の間に割って入ってくれた。

エルビスありがとう……！

助かったけど、でも遅いよ！　だいぶ前からピンチだったよ？

「チッ。エリアスの邪魔はしないのに俺の邪魔はするのか？」

「殿下は主人ですから」

「主人はジュンヤじゃないのか？　だからジュンヤがエリアスに散々啼《な》かされるのを聞いてた

のか」

「二人とも主人だ」

こともなげにエルビスがそう言い返した。

でも待って。今とんでもない事実を知った気がする。俺と殿下とのあれこれを――

「聞いてたって⁉」

「知らないのか？　貴族の部屋は侍従の控え室と繋がってる。見えないが、何が起こってるかは聞こえるんだよ」

えっ？　おねだりしちゃったのとか、全部⁉　恥ずかしいことをいっぱい言った気がする！

勢いよく頬に熱が集まっていく。俺の顔は今、真っ赤に染まっているに違いない。

「その顔は、相当エロいことをしたな？」

「そ、そんなこと、ない、ですよ」

ダリウスから向けられる鋭い視線から、必死に目を逸らす。

ここは一つ、問題をすり替えて乗り切るんだ。それしかない！

「と、ところでさ！　俺は自分が死にかけたって昨夜まで知らなかったんだよな～。あっちでは誰もそんな話しなかったし！　だから、俺が知らなくてみんなが知ってる情報、他にありそう……？」

「……。まぁ、良いだろう」

ダリウス、声、低っ！　怖っ！　でも俺の思惑に乗ってくれることにしたんだな？

手は離してもらえないけど、最悪エルビスが助けてくれるはず……だよね？

「俺達が聞かされたのは、泉に潜《もぐ》って呪《しゅ》のかかった板を浄化した後、帰りの馬車で痙攣《けいれん》し始めて呼吸が止まり、マテリオが治癒をかけ一時持ち直した。だが、神殿で再び危険な状況になり神官総出で治癒をして、二日間目覚めなかった……だな」

「板の呪《しゅ》は神殿と魔導士が調べています。山の民の誓願の術式を捻《ね》じ曲げて呪《しゅ》としているらしく、そちらの解明にもう少しかかるそうです。巡行は、ジュンヤ様の体調が回復したら開始する予定です。まずはジュンヤ様の体調が一番ですから」

「そうなのか……実は、泉を浄化した時、溺《おぼ》れかけて変な水を飲んじゃったんだ。だから死にかけたのかも」

そう思案していると、ダリウスは呆れた顔で口を開いた。

「それでも、お前はこれからも浄化するんだろう？」

「まぁね」

ダリウスが深いため息をつく。

「そんな場面を、何度も見る羽目になるのか……？」

頭を抱えている。俺も嫌だよ、死にたくないし。

「次は、もうちょい考えて上手くやるよ。初めてで分からなかったから無我夢中だったし。それに……やっぱ、良いや」

「なんだ、言えよ」

途中で言葉を止めた俺を、ダリウスが焦れた様子で促す。

実はちょっと、考えていることがある。けど、認めたくないんだよな。

「考えを纏《まと》めてからにしたい」

「もしかして、エリアス殿下のお考えと同じではありませんか？」

「聞いてないけど、なに？」

エルビスは、チラッとダリウスを見た。ダリウスも不思議そうにしている。

「今日、マテリオから調査報告を聞く予定だと仰っていたのですが、仮説です。あくまでも」

珍しくエルビスの歯切れが悪い。嫌な予感がする。

「今朝、私はジュンヤ様の様子を知らせに殿下のところへ参ったのですが、昨日より遥かに回復されたのを大変喜んでおられました。それで、確信を持たれたようなのですが……」

エルビスが俺をチラッと見る。えっと、なんか、言いたいことが分かった気がする。

「エルビス。それ、やっぱり後にしようか？」

「なんだと！　ここまで気を引いといて、それはないだろう」

ダリウスが声を荒らげた。不満だよね。でも、さ。

「エリアス殿下は、ジュンヤ様の体調は、体液の摂取で回復されるとお考えです」

嫌ーー！　心当たりあり過ぎるけど嫌ーー!!

俺は頭を抱えた。淀《よど》みの原因が呪いって言うけど、俺にとってはこの状況も呪いみたいなもんじゃないの？

そんな俺を、ダリウスが体をぴったり密着させて抱き込んだ。耳元に唇を寄せ、囁《ささや》く。

「体液を摂取したんだな？　どっちだ？　最後までシたのか？」

「ダ、ダリウス、さん。落ち着いて」

「落ち着けると思うか？　……吐け」

「キ、キスをいっぱいしました……」

「エルビス？」

俺の答えに納得できなかったのだろう。ダリウスはエルビスに視線を向けた。

「エリアス殿下の……子種もお口に与えたと仰っていた」

こ、子種って！　覚えてないけど⁉

「なるほど。昨日立てないほど弱っていたお前がここまで歩けたのは、精液を飲ませてもらったからか」

「その言い方やめろ！」

カッとなって思わず怒鳴った。ダリウスは目を眇《すが》めて俺を見据える。

「事実だろうが。俺の時みたいに唾液もたっぷり飲ませてもらったのか？　まさか、誰のもんでも良いのか⁉　特定の相手か？　もしや、ヤッたほうが早いのか⁉」

「そのあたりも調べるそうだぞ」

声を荒らげるダリウスとは対照的に、冷たく言い放つエルビス。

そういえば、エルビス、ダリウスには敬語を使ってないな。

「エルビス？　言葉……なんで？」

「ああ、はい。ダリウスとは幼少の頃からのつき合いなのです。ですから、コレには公《おおやけ》の場以外では敬語は使いません」

コレ呼ばわりかい。

「一度調べたほうが良いな」

ダリウスが神妙に呟いた。エルビスは苦々しげな表情を浮かべながら頷く。

「お前がジュンヤ様に触れるのは腹が立つが、エネルギー供給としてなら仕方ない。認めてやろう」

「俺の意思は……」

「お命が一番大事です」

「そうかもしれ、んんっ⁉」

話の途中でダリウスがディープキスをしてくる。唇を無理やり広げられ、舌を絡めながら唾液を流し込まれた。

「ふぅん……ん、んくっ、はぁ……」

飲まされた……マジか。あぁ、ヤバ……あまい……

ボンヤリとダリウスを見つめてしまう。たったこれだけで力が入らない……あったかい……もうちょっとだけ、ほしい、な。

「可愛い顔になりやがって。エルビス、お前もしてみろ」

ダリウスの言葉に、エルビスが目を剥《む》いて動揺する。

「な、何を言う！　そんな不敬な真似は！」

「死にかけた時、二人じゃ足りないかもしれないし、俺かエリアスがいるとは限らないだろう？　お前が一番側にいるんだ。ムカつくが、ジュンヤを助けるためなら耐えてみせる」

二人が話している間、俺の体に変化が現れていた。

「なんか……変……だ」

何かが蠢《うごめ》いてる。受け入れたモノが体内を巡り始めている。

でも、たりない……まだ……。

「もっと、ほしい……」

「!?」

口を開けて、ダリウスにキスを強請《ねだ》った。

「うんっ……ふっ……んちゅ、あぁ……」

ダリウスが堪《こら》え切れないように、激しく唇を重ねてきた。途端にぽわっと体が温かくなっていく。

「ジュンヤ様っ……！」

俺のあられもない姿を目の前にして、エルビスが切羽詰まった声を上げた。そんな彼を誘うように、エルビスに向けて舌を差し出す。

「エルビス、して」

「ジュンヤ様!!」

エルビスは俺の名前を叫ぶと、貪欲に唇に吸いついてきた。呼吸すら逃さないというように、口内を彼の熱い舌が蹂躙《じゅうりん》していく。

「んんっ、あふっ……んくぅ、ん、ん……」

二人に交互に唾液をもらう。

「俺のも、あげる」

ダリウスとエルビスの口内に俺の唾液を流し込む。瞳の奥で情欲を燃やしながら、二人は見せつけるように喉《のど》を上下させ、唾液を飲み込んだ。

しばらく口づけに耽《ふけ》り、満足すると、俺はダリウスの分厚い胸に顔を埋めた。ぬくぬくして気持ちいい。

ダリウスの温もりに包まれながら、俺は意識を手放した。

side　ダリウス

「おい、寝ちまったぞ!!　本当かよっ。俺のムスコはどうしてくれるんだっ！」

「ここまで振り回しておいて……なんて可愛い顔で寝ているんだっ!!」

俺とエルビスは、満足げに眠るジュンヤの寝顔を見つめて悶絶《もんぜつ》していた。下腹部はこれでもかと膨らみ、硬くなっている。

「とりあえず、ベッドに寝かせるぞ。お前、どうやって連れて帰る気だ？」

「寝顔を見た奴は全員凍らせたい……」

「やめてくれ、お前の氷はキツイ」

エルビスの台詞《せりふ》に、眉根を寄せる。

それから俺はジュンヤをベッドにそっと寝かせ、二人で顔を見つめた。

「どう思う？　昨夜はどうだった？　今のは足りない分を補給した感じだったな」

「殿下とは……長かった。お前、本気で聞きたいのか？」

「……聞かせろ」

「マテリオの話を聞いて部屋に戻ると、二人は口づけをしていた。次第にジュンヤ様の声が、誘うように聞こえて……これまで何度も殿下の閨《ねや》に控えたことがあるが、殿下の様子もいつもと違った。酷くのめり込まれているようだった。殿下が仰るには、力が流れ込み、またジュンヤ様に戻って行くような……互いの力を循環させている感じだと。お前も感じただろう？　ジュンヤ様の力が流れ込んでくるのを」

「あぁ、魔力が流れ込んで染み込むような……魔力濃度が濃くなっていく感覚だな」

「なるほどな。殿下は、互いの力を受け取り、循環させているのではと仰っていたが。また、体液は媚薬《びやく》になるのでは、とお考えだ」

「媚薬《びやく》だと？」

俺は眉を顰《ひそ》めて、繰り返した。

「目の前で見ただろう？　別人のようにねだってくる様を。あれが媚薬《びやく》のせいでなければなんだというのだ！　あぁ、敬愛しているお方に、私はあんなことをっ」

エルビスがベッドに突っ伏して、煩悶《はんもん》する。

「本人がお前におねだりしたんだ。喜んでたじゃねーか。そこまで気にするなよ。相変わらず真面目人間だなぁ。あ、前もって言っておくが、お前達にジュンヤを譲る気はないぞ。キスさせんのも命を守るためだ。今はしょうがないが、浄化が終わったらさっさと処女もらって俺の物にする」

「私はお前のようなヤリチンではない。それにジュンヤ様を物のように言うな！」

俺の言葉に怒り、エルビスは声を荒らげた。だが、ジュンヤの寝顔を再び見つめ、ため息をつく。

「私は……ジュンヤ様が誰でも良いと言うのなら……おかしくなるかもしれん……」

苦渋に満ちた呟きだった。

「あー、俺もズタボロにヤッちまうかもなぁ」

「本当に体液摂取で回復をするのかテストが必要だろうか……条件があるのかもしれない」

「神殿やエリアスの判断だな。マテリオだっけ？　あいつも巡行についてくるんだろ？」

アユム付きの神官――マテリオは、泉の浄化でジュンヤを危険な状況に陥らせた元凶でもある。

当初はジュンヤのことを敵視していたようだが、今はそうでもないらしい。むしろ神聖視している風に思えた。

マテリオはジュンヤにそんなそぶりを見せてはいないが、そう直感したのだ。

「でもな。思い起こすと、あの夜はここまでおかしくならなかったと思うぞ？」

「どういうことだ？」

「あの夜はただの酔っ払いだった。キスは喜んでたがなぁ。ここまでねだるような感じじゃなかった。むしろ、挿れるなやめろって何回も言ってたな。だが、今は浄化で魔力が減っている。より多く魔力を受け入れるために、無意識に相手を魅了する行動に出るのかもしれない」

「ふむ……あまり消耗《しょうもう》しないよう注意したほうが良いか。ところで、この件は殿下に話さねばならんがどうする」

「サラッとで良いだろ。ジュンヤが酷い目に遭うと思うぜ？」

「はぁ……そのほうが無難だろうな」

その後、俺達は交互に浴室に籠《こも》りスッキリした後、酒を飲みチェスをしながらジュンヤが起きるのを待つのだった。

◇

目が覚めたら、ダリウスのベッドの上だった。

体を起こして周囲を見回すと、エルビスとダリウスが酒を飲みながらチェスをしていた。

二人を目にして、意識を失う前に自分がしでかしたことをまざまざと思い出す。

完全にやらかしてしまった。二人の横顔を盗み見ながら、どう声をかけるべきか悩む。

それに、これで確信した。俺、エッチなことをすると元気になるみたいだ……

「あの、二人共……ごめん」

半分上掛けに隠れながら謝る。

俺、最低。男なんてあり得ないって言いながら、訳が分からなくなって変なことをした。

本当に最悪だ。ダリウスを責める資格はない。そう思ったら泣けてきた。でも、泣くのは狡《ずる》いから、上掛けに潜《もぐ》って涙を拭く。

「ジュンヤ様？」

「エルビス、ごめんなさい……」

「大丈夫ですから、出てきてください」

「泣くなよ、ほら」

「ダリウスもごめんなさい。俺、最低最悪。ごめんなさい」

上掛けの上からエルビスが背中を撫でている。

分かるよ、ずっと俺の世話をしてくれた手だもん。

「ジュンヤ様は悪くありませんよ」

「俺が悪いよ。本当にごめんなさい」

「全く。ほら、出てこい」

ダリウスはそう言うと、あっさりと上掛けを引き剥《は》がした。恐る恐る視線を合わせると、目の前で二人が優しく笑ってる。

なんで？　怒ってないのか？

「俺……」

ふいにダリウスの大きい手が伸びて、頭を撫でてくれた。

「魔力消費の反動だ。大丈夫」

「何それ？」

「命に関わる量の魔力を消費したので、大量に取り込むために、体液が媚薬《びやく》となったのでしょう」

驚愕の事実がエルビスの口から発せられた。それに俺の気持ちは更に沈んでいく。

「やっぱり、最低だ。それで、誰でも良いってなるんだよ、きっと」

「誰でも良いのか？」

「やだ。嫌に決まってる。でも、キスすると甘くてあったかくて、何も考えられなくなる。……したのは三人だけだけど」

絶対変な奴に触られたくない。でも、キスだけであんな風になるなんて最低だ。

「俺達なら気にするな。決意に変わりはない」

「きっと、殿下も同じです。一人で足りない場合の心配をなさっていましたから」

でも……

二人の優しい言葉に胸が苦しくなった。眦《まなじり》に涙が滲《にじ》み、ポロンと頬を転がり落ちていく。

「俺に都合が良すぎるよ？」

「遠慮なく甘えとけ」

「離れないと約束しましたよ」

「……ありがとう。あのさ、全部終わったらツケを返すから」

グイッと涙を拭い、決然としてダリウスとエルビスを見上げる。

二人はたっぷり利子をつけて返してくれ、と笑ってくれた。

◇

それから数日後。巡行のメンバーが全員揃っていた。

チーム離宮は、俺、エルビス、ノーマ、ヴァイン、ウォーベルト、ラドクルト、ハンス。

チーム王宮は、歩夢君、アリアーシュ、ダリウス、シファナ、マテリオ、侍従さん三人だ。

それと、エリアス殿下とその侍従達。他に治癒に特化した神官さん二人。神兵さんも俺付きらしい。ちなみに泉の浄化に同行していたのもこの二人だ。

「あの、俺の護衛が多くない？　表向きは料理人な訳だけど」

王宮側の侍従がすごく不満そうだ。歩夢君は笑顔だけど気にならないのか？

俺の言葉にマテリオが全員の前に立って話し出した。

「この場にいる中で泉の浄化を目にしたのは、私とそこに控える神兵だけです。ですから、私が話します」

「待って。マテリオ、大袈裟な話はするなよ？」

「大袈裟ではない。直ぐに全員が目にする光景だから、知るべきだ」

俺にそう言うと、マテリオはみんなに向き直った。

「まず、浄化はジュンヤ殿の命そのものを消耗《しょうもう》します。先日泉を浄化した際も、一時は重篤な状態に陥りました。エリアス殿下、ダリウス様とエルビス殿のお陰で今の体調は万全ですが、万一に備え治癒魔法も必要です。先代マスミ様は結婚まで純潔でしたから、ジュンヤ殿も清いままのほうが浄化の力が発揮されるというのが神殿の判断です。今回治癒に特化した神官が同行するのはそのため。神兵は浄化の場にいて、対処法も指導済みです」

王宮の人は、初めて聞く情報に驚いている。

「マテリオさんよ。この間から言ってやろうと思ってたんだけど、俺が死にかけたの、俺に言う前にみんなに言うのやめてくれない？　他の人から聞かされた俺の気持ち分かるか？　あと、みんなの前で、じゅんけ……とか言うのやめて」

「……すまない。必要以上に恐怖を与えたくなかった。万全の体制を取ってから話すつもりだったのだ」

「まあいいけど、失神していて覚えてないし。俺にとっては呪《しゅ》のほうが怖いからな。アレ、巡行先でまだある可能性が高いんだろう？」

「呪《しゅ》はまだあるはずだ。ただの淀《よど》みなら、魔力をそこまで消耗《しょうもう》せず、もっと楽に浄化ができるだろう」

呪《しゅ》のあるところは特に危険なんだな。

とりあえず、汚染の濃度によっては、浄化の際に命の危機があることを一同に周知する。

浄化後は魔力摂取の必要があるので、チャージ係は殿下、ダリウス、エルビスだけど、他にできる相手がいるかも確認すると。あの三人はモバイルバッテリーかよ！　扱いが酷すぎ！

で……確認するって？　まさか、全員とキスするとか!?　それは嫌だ！

しかし、提示された確認方法は、歩夢君と魔力の少ない王宮侍従達、神官、神兵を除いたメンバーが俺の指を舐《な》めて、唾液が絡まったそれを俺が舐《な》めるというものだった。なんたる羞恥プレイだ。

「それ、みんなが見てる前でやる理由は何？」

さすがに抵抗があります。陰でやれば良いんじゃないの？　全員じゃなくて良いんじゃないの？

しかし、殿下はサラッとこう言った。

「どんな状態になるか、全員が知っておく必要がある。ジュンヤに誘われたと思い、襲うような事態は避けたい。それに、特定の人間にだけ媚薬《びやく》作用があるのか、もしくは誰にでも反応するのを確認しておくべきだ。そうしなければ、今後に支障をきたすだろう」

俺は半べそで確認作業を行いました。アリアーシュとは殴り合いになりかけた。美人の癖に気性が荒くて、アイツと相性悪過ぎ。

だがしかし！　他にはいませんでした！　これ、やらなくて良かったのでは？

相手の魔力量の多さに関係があるのかもしれないとのこと。それなら、アリアーシュがハズレで本当に良かった……！

ホッとしたのも束の間、殿下だとどうなるかを見せると言う。拒否したが、結局やる羽目になってしまった。でもさ、今はバッテリー満タンだから大丈夫かも!?

音を立てて、俺の指を舐《な》める殿下。ワザと音を立ててますよね？　あの、濡らすだけなら吸わないで。

「で、殿下、もう」

「さぁ、味わうが良い」

うう、や～め～て～!!

下を向いて、そーっと舌を出しペロリと舐《な》める。あぁ、やっぱり全然違う。なぜだ……？

もっとほしくなり、パクンと指を口に入れると、口の中があまい蜜でいっぱいになる。

瞬《また》く間に頭の中がぼうっと霞み、夢中で指を舐《ねぶ》る。体が温かくなり、充足感に包まれる。

「見ただろう？　こんな感じだ」

殿下？　何が？　あれ……みんな、何か話してる？

それより、足りないなぁ。もっと欲しい。

ボンヤリしてると、エルビスが手を握り、そっと口から俺の指を引き抜く。俺はそれを名残《なご》り惜しく見つめていた。

「ジュンヤ様、今はこちらにしましょうね」

エルビスが冷たいお茶を渡してくれた。

「うん……？」

「さ、飲んでください」

お茶を口に含むと、ハーブティーの優しい香りと、ミントのようなスッキリした口当たりで、口の中に残っていた甘い蜜がスッと消えていった。

「大丈夫ですか？」

「ん、いま、おれ、変か……？」

「大丈夫ですよ。お一人で座っていられますか？」

「だいじょうぶ」

まだ、頭の中が痺《しび》れていて、体を温かい物が巡っている。気持ちいい。

促されて、またお茶を飲む。

……一口飲むごとに正気に返ってきました。周りを見る勇気はございません。

「えっと。こんな感じで変になるみたいで、ご迷惑おかけします。ちょっと、マテリオ。俺、体調は戻ったのに、こんな見せしめるようなことして……どうしてだ？」

「ジュンヤ殿がこうなるのは、庇護《ひご》者の体液が体内に記憶されたからだろう。それに、今は大きく力を使った後だ。いくらでも魔力が必要なのだろうな。神殿の記録によれば、マスミ様も同じだったらしい。相手との相性があり、誰でも良いという訳ではない。表立って伝わっていないのは、マスミ様が酷く恥じらわれたからとあった」

「俺も黙っておいてよー!!」

そりゃ恥じらうわ。いたたまれないよ！　すると、俺の傍に歩夢君がやってきた。

「僕、ジュンヤさんに話があるんだけど」

「歩夢君！　なんか、変な話になっちゃってごめん。俺は神子《みこ》として表には出ないけど、仕事はするから安心して」

「大丈夫！　僕は僕らしく神子《みこ》役をしっかり演じるつもり。大々的に発表されちゃったもんね。僕も浮かれて神子《みこ》ですって言いふらしちゃって反省してる。あと、神子《みこ》が、その、死にかけるなんて場面はゲームになかったから……ショックなの。ジュンヤさんが無事で良かった……あのね、あのね？　ちょっと耳貸して」

　はい、なんでしょう？

「僕、ゲームでいっぱいエッチ寸前なキスシーン見たよ！　でも、エッチは最後だから、そこまではお尻は無事かも！　多分！」

「マジか。その後が怖すぎるけど、なんとか逃げ切ろう。とこでさ、歩夢君は誰かと……キ、キスした？　その時は変になった？　――セクハラで申し訳ないけど、知りたいんだ」

「大丈夫！　僕全然気にならないよ～。それとね、僕はキスしても変わんなかったよ。でも、もっと大きな理由もあるの……」

　キスはしたのかーー！　歩夢君は更に小声になった。――なに？

「僕、処女じゃないの……だから、最初からジュンヤさんが神子《みこ》だったんだよね～」

「えええ～っ！」

「シーッ!!　ゲームでは処女じゃなきゃダメとかそういう会話なかったんだぁ。でも、良く考えたら、巫女さんは処女だって聞いたことがあるかも!!　だから神子《みこ》も処女なのかなぁ？」

「年齢的に俺はないと思ってた。非童貞だし！」

俺はショックです。歩夢君が、歩夢君が、あっーー!! だなんて!!

「でね、ジュンヤさん、もうフラグ立ちまくってるから、逃げられないと思うんだぁ」

「フラグ？ それさ、知ってたほうが回避できるのかな。そもそもなんでエロ充填《じゅうてん》なの？」

「このゲーム、そもそもおねぇちゃんの持ってる十八禁ゲームだったんだ」

「十八禁っ？」

「まぁまぁ～。回避して予測のできない事態になるのも怖いと思うんだぁ。見極めが難しいかもぉ」

「うーん」

そこから歩夢君は普通に話し始めた。

「ていうかぁ、本当は僕がおまけで、ジュンヤさんが神子《みこ》ってちゃんと発表したほうが良いんじゃないのかなぁ？ ねぇ、みんな？」

歩夢君は首を可愛く傾げながら、後ろのマテリオ達に声をかけた。

「歩夢君、おまけの扱いキツイから、やめといたほうが良いよ」

歩夢君の提案を速攻で遮った。いや、本当に酷かったから。おまけが俺だったからなのか、そこは分からないけど。

「そんなに酷かったんだ！ あ、ちなみに僕、創造スキルを持ってるの。今まで召喚された異世界人の中で、この力を持ってるのって僕だけだって！ きっと異世界転移でよくあるチートかも……

特殊スキルはあってよかったぁ～！」

「創造っ!? カッコいいな！ やっぱりおまけじゃないよ。力の種類が違うだけだろう？ 俺、そういう魔法はないんだよなぁ。創造魔法ってなんでも作れるのか？」

「うん。構造を知らないとダメだけど。でもさ、なんでも作れるのも逆に怖いよね？　それに、神《み》子《こ》じゃなくてもいいんだ。僕が一番ほしいのは違うものだし。あ、当然だけど、ジュンヤさんの浄化はすごいんだよ？」

「そうか～？　かっこいい魔法のほうが良かったなぁ。ところで、一番ほしいものって何？」

「ナイショだよ～、ふふふっ」

その後、歩夢君はすごく良い笑顔を俺に見せ、また小声になる。

「あのね……ジュンヤさんは、ヤンデレ監禁、複数エッチありルートに入ってるから、頑張ってね」

「はあ!?　そんなルート嫌だ!!」

「しょうがないよ～。エロゲーなんだもん！　ん～、ちょっと違うところもあるけど……今のルートのバッドエンド、すっごくキツイから気をつけてね。媚《び》薬《やく》効果はエロスキルだね！」

俺はその言葉に愕《がく》然《ぜん》とした。エロスキルって。バッドエンドキツイって。

「エッチなんかしないから！　で、アレはやっぱりエロスキルなんだ？」

「レベルが上がるといくつか増えるの。体臭がフェロモンとか。体液摂取エロも激しいよ～。攻略対象者以外も大勢引き寄せられるから気をつけてね！　どんなバッドエンドか知りたい？」

良い笑顔するな、君！　そんなエロいゲームのハッピーエンドを狙ってたのか。

「そんなスキルいらないよ。あと、知らなくて良い……」

殿下やダリウス、エルビスにドキドキするのはスキルのせいなのか？　俺の本心は？

「味方を増やすにはラブラブ攻撃が有効だし、好みのタイプにはバンバンキスしてスキルを発動すれば味方になるから！」

「いや、バンバンキスはできないよ」

俺が頬を引きつらせると、歩夢君は更に笑みを深めた。

「でもぉ～神子《みこ》の運命からは逃げられないんだよ～。僕が神子《みこ》役をしながらバッチリサポート頑張るからね！　どうすれば攻め心をくすぐるか教えてあげる」

「良く分かんないけどありがとう。攻め心をくすぐる予定はないけどな。なぁ、同じ馬車にしてもらおうよ。道中色々話そう」

「うんっ、嬉しい！」

「よろしく、先生」

無邪気にはしゃぐ歩夢君。そんな彼を微笑ましく思いながら、からかうように言う。

「先生っ!?」

「だって、この世界に詳しいだろう？　だから、俺の先生だ」

「へへッ、了解！　生徒さん、ビシビシいくよ～！」

「ハハッ、お手柔らかに」

遥か彼方の日本から来た俺達は、初めて腹を割って話す機会を得た。

この世界に来た時は、一人で生き抜いてやると意地になっていた。でも、少しずつ状況は良くなって味方が増えたし、将来への希望も生まれた。

今も……こんなに大勢が俺を守ろうとしてくれる。あの時に比べたら、ずっといいじゃないか！

これから始まる巡行も、彼らとなら乗り切れるだろう。

俺を見守る温かな笑顔に勇気づけられて、旅への期待を膨らませていた。

この作品に対する皆様のご意見・ご感想をお待ちしております。
おハガキ・お手紙は以下の宛先にお送りください。

【宛先】
〒150-6008 東京都渋谷区恵比寿4-20-3 恵比寿ｶﾞｰﾃﾞﾝﾌﾟﾚｲｽﾀﾜｰ 8F
（株）アルファポリス　書籍感想係

メールフォームでのご意見・ご感想は右のＱＲコードから、
あるいは以下のワードで検索をかけてください。

アルファポリス　書籍の感想　検索

ご感想はこちらから

本書は、「アルファポリス」（https://www.alphapolis.co.jp/）に掲載されていたものを、
改題、改稿、加筆のうえ、書籍化したものです。

異世界《いせかい》でおまけの兄《にい》さん自立《じりつ》を目指《めざ》す

松沢ナツオ（まつざわ なつお）

2021年 5月 20日初版発行
2021年 6月 10日２刷発行

編集－古内沙知・堀内杏都・倉持真理
編集長－塙綾子
発行者－梶本雄介
発行所－株式会社アルファポリス
〒150-6008 東京都渋谷区恵比寿4-20-3 恵比寿ｶﾞｰﾃﾞﾝﾌﾟﾚｲｽﾀﾜｰ8F
TEL 03-6277-1601（営業） 03-6277-1602（編集）
URL https://www.alphapolis.co.jp/
発売元－株式会社星雲社（共同出版社・流通責任出版社）
〒112-0005 東京都文京区水道1-3-30
TEL 03-3868-3275
装丁・本文イラスト－松本テマリ
装丁デザイン－円と球
印刷－中央精版印刷株式会社

価格はカバーに表示されてあります。
落丁乱丁の場合はアルファポリスまでご連絡ください。
送料は小社負担でお取り替えします。

ISBN978-4-434-28866-1 C0093